Karl August Friedrich Mahn

Die Biographien der Troubadours - in provenzalischer Sprache

Karl August Friedrich Mahn

Die Biographien der Troubadours - in provenzalischer Sprache

ISBN/EAN: 9783743640948

Hergestellt in Europa, USA, Kanada, Australien, Japan

Cover: Foto ©Raphael Reischuk / pixelio.de

Weitere Bücher finden Sie auf **www.hansebooks.com**

DIE BIOGRAPHIEEN

DER

TROUBADOURS,

IN

PROVENZALISCHER SPRACHE.

HERAUSGEGEBEN

VON

PROF. DR. **A. MAHN.**

ZWEITE NEU BEARBEITETE UND VERMEHRTE AUFLAGE.

BERLIN, 1878.
FERD. DUEMMLER'S VERLAGSBUCHHANDLUNG.

ANMERKUNGEN.

1) Anm. zu S. 43. Z. 3. In der Hs. unrichtig ereubutz. 2) S. 48. Z. 1. In der Hs. B. assetz statt des richtigen assatz. 3) S. 54. LXI. Z. 1. In den Ueberschriften der Lieder und im Index nennt ihn die Hs. belenoi. 4) S. 66, Z. 5. en pentida. Rayn. Lex. Rom. 4, 490 macht, wie es scheint, blosz dieser Stelle zu Gefallen ein besonderes Wort empentir (repentir, affliger); aber, obgleich die Hs. enpentida schreibt, so musz das en (nicht em, wie Rayn. ändert) von pentida getrennt werden; denn en steht hier pleonastisch in Beziehung auf das folgende dels plazers (cf. nauia de leis, S. 51, Z. 6).

VORREDE.

Diese neue Ausgabe der Biographieen der Troubadours ist eine vermehrte zu nennen, indem sie mehr Biographieen enthält als die erste Ausgabe und sehr viele in doppelter und mehrfacher Fassung nach verschiedenen Handschriften. Sie ist insofern auch für eine kritische zu halten, als ich die von mir gemachten oder vorgeschlagenen Verbesserungen der Lesarten der Handschriften in den Text aufgenommen, zugleich aber in Klammern angegeben habe, wie die unrichtigen Lesarten der Handschriften lauten. Hierzu und um auch die richtigen Varianten anderer Handschriften zu bezeichnen wurden runde Klammern angewandt. Wenn aber in den Handschriften etwas fehlte oder wenn andere Handschriften mehr enthielten, so ist dieses in eckige Klammern eingeschlossen. Besonders häufig waren Verbesserungen der Laurenzianischen Handschrift in Biographie No. XI nöthig, und zwar oft schwieriger Art (wie z. B. S. 6, Z. 24, wo Raynouard's Verbesserung von dem handschriftlichen cantas dauinens cantor era da santz unrichtig und obendrein ganz unverständlich ist). Ich konnte aber diese sehr fehlerhafte und nachlässig geschriebene Handschrift für das Leben von Guillem de Cabestanh nicht unbenutzt lassen, da sie allein die novellenartig gestaltete Biographie dieses Dichters enthält. Die Orthographie der Handschriften habe ich beibehalten, theils weil es zu wissen frommt, wie dieselbe zur Zeit der Troubadours selbst war, nicht wie moderne Herausgeber sie so oder so zu gestalten belieben, da philologisch manches davon abhängt, theils um den Leser recht frühzeitig an diese ursprüngliche Orthographie zu gewöhnen, damit derselbe, wenn er einmahl, wie es doch bei manchen der Fall sein wird, selbst Handschriften zu lesen und zu benutzen genöthigt ist, nicht, durch die vielen Apostrophe verwöhnt, sein Studium gleichsam noch einmahl von vorn anfangen müsse. Daher habe ich auch die i und u, die doppelte Geltung haben, weder im Anlaut noch Inlaut noch Auslaut geändert, da wo andere nach individuellem Ermessen glauben ein j oder v schreiben zu müssen. Ich überlasse es also dem Leser, welcher der aufgestellten Theorieen er folgen will, der von Bartsch, der jedes tonlose i zwischen zwei Vokalen in ein palates j verwandelt, oder der von Diez, der dieses auf bestimmte Fälle beschränkt, die in seiner Grammatik 1, 412, 3 Ausg. verzeichnet sind, oder der meinigen, die auch die Diezische Regel noch mehr beschränkt. So viel ist gewisz, dasz nicht jedes tonlose i zwischen zwei Vokalen palatal gelautet hat. Diejenigen Wörter, die in der Handschrift C in dieser Stellung stets mit y geschrieben werden, hatten gewisz nie die palatale Aussprache, wie z. B. leial in Cimmer leyal geschrieben wird, und also nicht lejal lauten kann. Es ist allerdings wahrscheinlich, dasz die palatale Aussprache des j im Laufe der Zeit zunahm, und dasz manches j, das früher diese Aussprache nicht hatte, später in dieselbe überging. Nach Konsonanten fand wohl immer die palatale Aussprache Statt, daher findet man in C. nur camjat, comjat, etc. (siehe S. V, Z. 9.). Die Biographieen der Troubadours eignen sich nicht nur wegen ihres anziehenden und oft sehr merkwürdigen litterarischen, geschichtlichen und sittengeschichtlichen Inhalts, sondern auch in Folge ihrer Leichtigkeit und Verständlichkeit zum ersten Lese- und Uebungsbuch für Anfänger und bereiten zweckmäszig auf die Lesung der bei weitem schwierigeren Gedichte vor. Man kann daher besonders auch auf Universitäten und Akademieen, wo der Lehrer vorträgt und erklärt, von dieser Ausgabe der Biographieen einen sehr nützlichen Gebrauch machen. Diejenigen aber, welche weder die Gelegenheit noch den Beruf haben, Vorlesungen über provenzalische Sprache auf Hochschulen zu hören, die also auf das Selbststudium angewiesen sind, werden dazu alle Hülfsmittel auch in Beziehung auf die Biographieen der Troubadours in meiner Schrift über das Studium der provenzalischen Sprache und Litteratur (2 Lieferungen 1874—77) und in dem Commentar und Glossar zu den Werken und Gedichten der Troubadours (2 Lieferungen 1871—78) finden.

Steglitz bei Berlin, im Rosenmonat 1878. **M.**

Anm. zu S. IV, Z. 24. Aus den Leys damors, in welchen man Aufschlusz über die verschiedene Geltung des i und u erwartet hätte, kann man fast nichts lernen. Man erfährt blosz, dasz i und u auch Konsonanten sind, und dasz in laia, raia, freia und veia das i eine palatale Aussprache habe. Die einzige Handschrift C hat für i dreierlei Zeichen, nämlich i, y und j. Man darf annehmen, dasz, auszer am Ende der Wörter, wo y, j und i gleichen Werth haben (man findet nämlich suy, suj und sui etc.), y immer den Laut des Konsonanten jod hat, dasz auch i ihn haben kann, dasz j aber den palatalen Laut darstellen soll. Es ist zu vermuthen, dasz auch schon zu der Zeit als die Handschrift geschrieben wurde, etwa im Anfange des 14. Jahrhunderts, eine Tendenz vorhanden war, nach welcher manches gutturale i oder jod sich zur palatalen Aussprache hinneigte, die vielleicht oft schon mundartlich daneben bestand und nun allgemeiner wurde. Dasz die palatale Aussprache neben der gutturalen herging, beweisen die Wörter mit doppelter Form, wovon die eine die palatale und die andere die durch g vergegenwärtigte gutturale Aussprache hat, z. B. jatjar neben jutgar, venjar neben vengar. Selbst noch die heutigen Dialecte weisen beide Aussprachen auf: in dem einen Dialect hat das jod in denselben Wörtern eine gutturale, in dem anderen eine palatale Aussprache. Ein Schwanken in der Orthographie der Handschrift C habe ich nur in einigen Wörtern gefunden, z. B. enueya u. enueja, enuejatz (Diez enveja, Rayn. enveya); guerreyar, guerreya u. guerreja, guerrejatz; deya u. deja; aya, ayan; aja, ajatz, ajan; und aiatz. Dagegen steht z. B. beständig y, also jod mit gutturaler Aussprache, in folgenden Wörtern: leyal (neben lial, lialmen), guaya (fem. von guays), creya, creyatz, recreya, ueya, autreyar (Diez autreiar u. autrejar), dompneyar, torneyar, preyar, preyatz, preyada, preyon, preyador (neben preguar, pregar, pregua, pregue, pregui, preguet), merceyar, merceyan, merceyaire, esteya, espleya, peleya, pesseya, desreya, sopleya, senhoreya, sordeyor, enueyos, ioya, ioyos. Andererseits findet man cuiar, neben welchem auch ein cuidar und cogitar besteht, immer mit palatalem j geschrieben, als: cujar, cuja, cujon, cujatz, cujana, cujara, cujaran, cujaria (einmahl cniaria, natürlich mit derselben Aussprache) und daneben cuget, cugetz, cugei, cugey, cugi, welches vor e und i stehende g die palatale Aussprache von cujar bestätigt. Es ist zweifelhaft, ob in cujar das g oder i von cogitare ausgefallen ist; gewöhnlich nimmt man Ausfall des g an; aber so wie man cugiaire neben cuiaire findet, konnte man anfänglich auch cugiar für das spätere cuiar, cujar sagen; glaubt man aber, dasz g ausgefallen ist, so könnte es dennoch seinen Einflusz auf die palate Aussprache des i in cuiar geübt haben. Ferner pojar, pueja. Diez (Gr. I, 185, 3 Ausg.) schreibt auch poyar. Dies wird aber weder durch C, noch durch Rayn., noch durch Gl. Occit. unterstützt. Dagegen steht pugar in Philomena. Nach Konsonanten wurde i immer palatal gesprochen; daher findet man in C nur camja, camjan, camjatz, camjada, camjador und camge, camget, iutjar, iutjat, iutjada, iutjaria, iutjamen, lonja, lonjamen, uenjar, uenja, uenjansa, enjan (neben enguan), endomenjatz, uergonja neben uergonha. Auch den mit einem Präpositions-Präfix zusammengesetzten Wörtern, wie z. B. aiudar (C. ajut und aiuda, aiudans), aiostar, aiustar, aiornar, periurar wird man palatale Aussprache zuerkennen müssen. Mit i finden sich in C z. B. folgende: uciaire, maiestre, maier, maior, maiors, peior, peiors, peiurar, enuios, enoios (Diez enojar), wo es natürlich zweifelhaft sein musz, welche Aussprache das i vertreten soll, ob die gutturale oder palatale. — Was u betrifft, so verhält es sich damit folgendermaszen. Im Anfang der Wörter kann es bei folgendem Vokal nur den Werth des v haben. Im Auslaut hat es mit einem vorhergehenden Vokal einen Diphthong gebildet, z. B. beu (bibit), deu (debet), viu (vivit), escriu (scribit), mou (movet), ou (ovum), bou (bovem), cau (cavus), so dasz Raynouard's Schreibung mov, ov, bov, cav nicht richtig ist. Das letztere schreibt er zwar cav, aber seine Beispiele haben nur cau. Es wird aber cau von cavus durch den Reim mit anderen Wörtern bestätigt, worin der Diphthong au ursprünglich ist oder einen andern Ursprung als aus lat. v hat, z. B. reimt cau auf lau, au (audit), nau, fau, enclau, esiau. Auch macht Raynouard einen nicht begründeten Unterschied zwischen nou von novus u. nou von novem, indem er blosz das letztere nov schreibt, und verfährt nicht folgerichtig, wenn er bov und nicht auch buov, sondern buou schreibt. Im Inlaut ist das aus v und b entstandene u vor r und l Vokal, z. B. beure (bibere), viure (vivere), moure (movēre, und daher nicht in mouer), escriure (scribere), liurar (liberare, frz. livrer), liure (libero), siular (sibilare), iure (ebrius, frz. ivre), deuria (für debria), aurai (für habrai), paraula (parabola), taula (tabula), auch vor t in ciutat (von civitas).

BIOGRAPHIEEN DER TROUBADOURS.

I. Hs. I. (Pariser Hs. 854, ehemahls 7225). Lo Coms de Peitieus si fo uns dels maiors cortes del mon. e dels maiors trichadors de dompnas. e bons caualliers darmas. e larcs de dompneiar. E saup ben trobar e cantar. et anet lonc temps per lo mon per enganar las domnas. Et ac un fill que ac per moiller la duquessa de Normandia. don ac una filla que fo moiller del rei Enric dengleterra maire del rei ioue e den Richart e del comte Iaufre de Bretaingna.

II. Hs. B. (Paris. Hs. 1592, ehemahls 7614). Bernartz de uentadorn si fo de limozin del castel de uendedorn. hom fo de paubra generation. fills dun siruen que era forniers qescaudaua lo forn per cozer lo pan del castel de uentedorn. e uenc bels hom et adreitz e saup ben trobar e cantar et era cortes et enseignatz. el uescoms de uendedorn lo sieus seigner si sabellic mout de lui e de son trobar e de son chantar. e fetz li grand honor. el uescoms de uentedorn auia moiller qera bella e gaia e gentils et abellic se den bernart e de las soas cansons. et enamoret se de lui. et el de lieis. si qel fetz sos uers et sas chansons della. de lamor qel auia ad ella. e de la ualor de lieis. lonc temps duret lor amors anz qel uescoms ni las autras gens sen aperceubessen. e qand lo uescoms sen aperceup et el sestraigniet de lui. e la moiller fetz serrar e gardar. e la dompna fetz adoncs dar comiat an bernart. e qeis partis eis loignes daqella encontrada. et el sen partic. et anet sen a la duqessa a normandia quera ioues e de gran ualor. e sentendia en pretz et en honor. et en ben dich de sa lauzor. e plazion li fort li uers e las chanssons den Bernart. et ella lo receup e lacuillic molt fort. lonc temps estet en sa cort. et enamoret [se] della. et ella de lui. en fetz maintas bonas chanssons della. mas lo reis henrics denglaterra la tolc per moiller e la trais de normandia e menet lan en englaterra. en bernartz remas de sai tristz e dolens. e uenc sen al bon comte raimon de tolosa. et ab lui estet entro quel coms mori. e qand lo coms fo mortz en bernartz si rendet a lorden de dalon e lai el fenic. e so qieu ai escrit de lui si me comtet lo uescoms nebles de uentedorn qui fo fills de la uescomtessa qen Bernartz de uentedorn amet. et aqui de las soas chanssons

III. Hs. I. Bernartz de uentedorn. Si fo de limozin del castel de uentedorn. Fo de paubra generacion. fils fo dun siruen quera forniers quesquaudaua lo forn a coszer lo pan del castel. E uen[c] bels hom et adreichs. E saup ben chantar e trobar. E uenc cortes et enseingnatz. E lo uescons lo seus seingner de uentedorn. abelli mot de lui. E de son trobar e

de son cantar. E fez li gran honor. El nescons de uentedorn.
Si auia moiller iouen e gentil e gaia. E si sabelli den bernart
e de soas chansos. E senamora dellui. Et el della dompna.
Si quel fetz sas chansos e sos uers della. dellamor quel auia
ad ella. E della uollor delleis. Lonc temps duret lor amors.
anz quel uescons ni lautra gens sem apercebes. E quant lo
uescons sen aperceup. Si sestraniet de lui. Ella moillier fetz
serar e gardar. Ella dompna si fetz dar comiat an bernart.
Quel se partis e seloingnes daquella encontrada. Et el sen
parti essi sen anet a la duchesa de lormandia. Quera ioues e
de gran ualor. E sentendia en pretz et en honor. et en ben
dig de lausor. E plasion li fort las chansos el uers den bernart.
Et ella lo receup e lacuilli mout fort. Lonc temps estet en sa
cort. Et enamoret se della et ella dellui. E fetz mantas bonas
chansos della. Et estan cum ella. lo reis Enrics dengletera
silla tols per moiller. E si la trais de normandia. E si la menet
ennangleterra. En barnartz si remas de sai. Tristz e dolentz.
e uenc sen al bon comte raimon de tollosa. e com el estet tro
quel coms mori. Et en bernartz per aquella dolor si sen rendet
a lordre de talon. e lai el definet. Et ieu nucs de saint circ de
lui so quieu ai escrit si me contet lo uescoms nebles de uente-
dorn. Que fo fils della uescomtessa quen bernartz amet. E
fetz aquestas chansos que uos auzirez aissi desotz escriptas.

IV. Hs. A. (Vatican. Hs. 5232). Marcabrus si fo gitatz a
la porta dun ric homes. ni anc no saup hom quil fo ni don.
En Aldrics del Vilar fetz lo noirir. apres estet tan ab un troba-
dor que auia nom Cercamon. qel comenscet a trobar. et adoncx
auia nom Panperdut. mas daqui enan ac nom Marcabrun. Et
en aquel temps non apellaua hom canson. mas tot quant hom
cantaua eron uers. E fo mout cridat et auzit pel mont e dop-
tatz per sa lenga. car fo tant maldizens que a la fin lo desfai-
ron li castellan de Guian. de cui auia dich mout gran mal.

V. Hs. K. (Paris. Hs. suppl. franç. 2032, ehemahls Vatican.
3204). Marcabrus si fo de Gascoingna. fils duna paubra femna
que ac nom Maria Bruna. si com el dis en son cantar: Marca-
bruns lo fillis na Bruna. fo engendratz en tal luna. quel saup
damor qom degruna. escoutatz. que anc non amet neguna.
ni dautra non fon amatz. Trobaire fo dels premiers qom se
recort. De caitiuetz uers e de caitiuetz siruentes fez. e dis
mal de las femnas e damor. Aisi comensa so de Marcabrus
que fo lo premier trobador que fos.

VI. Hs. B. Iaufres rudels de blaia si fo molt gentils hom
princes de blaia. et enamoret se de la comtessa de tripol ses
uezer per lo gran ben e per la gran cortesia qel auzi dir de
lieis als pelegrins que uengron (uenion A.) dantiochia. e fetz
de lieis mains bons uers et ab bons sons [mas] ab paubres
motz. e per uoluntat de lieis uezer el se crozet e mes se en
mar per anar lieis uezer. et adoncs en la nau lo pres mout

grans malautia si que cill qui eron ab lui cuideron qe el fos mortz en la nau. mas tant feiron que ill lo conduisseron a tripol en un alberc [aissi A.] cum per mort. e fo faich a saber a la comtessa. e uenc ad el al sieu lieich e pres lo entre sos bratz. et el saup quella era la comtessa si recobret lo uezer el flazar [AB. flarar K. flairar I] e lauzet dieu el grazi qe ill auia la u.da sostenguda tro quel lages uista. et enaissi el moric entrels braz de la comtessa. et ella lo fetz honradamenz sepellir en la maison del temple de tripol. e pois en aqel meteus dia ela se rendet monga per la dolor que ella ac de lui e de la soa mort. et aqui son escruitas (escriutas? cf. VII, 4) de las soas chanssos.

VII. Hs. B. La comtessa de dia si fo moiller den Guillem de peiticus. bella dompna e bona. et enamoret se den Raembaut daurenga. e fetz de lui mains bons uers. et aqui son escriutas de las soas chanssos.

VIII. Hs. B. Peire daluergne si [fo] del euescat de clarmon. sauis hom fo e ben letratz. e fo fills dun borzes. bels et auinens fo de la persona e trobet ben e cantet ben. e fo lo primiers bons trobaire que fo outramon (el mon IK.). et aquel qui fetz los meillors sons de ners que anc fosso faich el uers que ditz de iostals breus iorns els loncs sers qan la blanca aura brunezis. cansson non fez neguna que non era adoncs neguns chantars apellatz canssons mas uers. mout fo honratz e grazitz per totz los ualens homes e per totz los ualens barons e per totas las nalens dompnas que adoncs eran. et era tengutz per lo meillor trobador del mon entro que uenc girautz de borneill. mout se lauzaua en sos chantars e blasmaua los autres trobadors si quel dis de si. peire daruernge a tal uotz. qel chanta de sobre e de sotz. e il so sunt doutz e plazen. e pois es maestre de totz. ab qun pauc esclarzis sos motz. qua penas nulls hom los enten. Longamen estet e uisquet el mon ab la bona gen segon quem dis lo dalfins daluernge en cui terra el nasqet. e pois et el fetz penedeussa (donet se en orde et aqui mori).

IX. Hs. B. Gvillems de cabestaing si fo us canalliers de lencontrada de rossillon que confinaua ab cataloigna et ab narbones. mout fo auinens hom de la persona e prezatz darmas e de cortesia e de seruir. et en la soa encontrada auia una dompna que auia nom ma dompna soremonda. moiller den Raimon de castel rossillon que era mout gentils e mals e braus e fers e rics et orgoillos. En Guillems de cabestaing si amaua la dompna per amor e chantaua de lieis en fazia sas chanssons. e la dompna qera ioues e gaia e gentils e bella sill uolia ben maior que a ren del mon. e fon dich an Raimon de castel rossillon. et el cum hom iratz e iclos enqueric lo faich e saup que uers era. e fetz gardar la moiller. e qand uenc un dia Raimons de castel rossillon trobet passan (Hs. paissan) Guillem de cabestaing ses gran compaignia et aucis lo. e fez li traire lo cor del cors e fez li taillar la testa. e la testa el cor fez portar a son alberc. lo cor fez raustir e far a pebrada e fez lo dar a maniar a la moiller. e qand la dompna lac maniat Raimons de castel rossillo li dis. sabez uos que uos auetz maniat. et ella li dis no. si non que mout es estada bona uianda e saborida. et el li dis qel era estatz certanamen (Hs. dertanamen) lo cors den Guillem de cabestaing so que ella auia maniat. et a so qellal crezes ben si fetz aportar la testa denan lieis. E qand la dompna uic so et auzic ella perdet lo uezer e lauzir tan tost. e qand reuenc et ella dis. seigner ben manetz dat si bon maniar que ia mais non maniarai dautre. E qand el auzi so el correc sobre lieis ab lespaza e uolc li dar sus en la testa. et ella correc ad un balcon e laisset se cazer. et enaissi moric. La nouella cors per rossillon e per tota cataloigna qen Guillems de cabestaing e la dompna eran enaissi malamen mort. eqen (Hs. enqen) Raimons de castel rossillon auia dat lo cor den Guillem a maniar a la dompna. mout en fo grans dols e grans tristessa per totas las encontradas. el reclams uenc dauan lo rei daragon que era seigner den Raimon de castel rossillon e den Guillem de cabestaing. e uenc sen a perpignan en rossillon. e fetz uenir Raimon de castel rossillon denan si. e qan fo uengutz sil prendre fetz e tolc li totz sos chastels. els fetz desfar e tolc li tot qant el auia. e lui en menet en preison. Guillem de cabestaing e la dompna fetz penre e fetz los portar a perpignan e metre en un monumen denan luis de la gleisa. e fetz desseignar desobrel monumen cum ill erant estat mort. et ordenet per tot lo comtat de rossillon que tuich li caualier e las dompnas lor uenguesson far anoal chascun an. en Raimons de castel rossillon moric dolorrosamen (Hs.) en la preison del rei daragon.

X. Hs. R. (Paris. Hs. La Vallière 14, ehemahls 2701. I. H. Vatican. 3207.). Guillem[s] de Cabestanh fo un gentils castelas del comtat de Rossilhon ques del rei daragon e que confinaua con cataloingna e con narbones. mot fo auinens hom de la persona e presatz darmas e de seruir e de cortesia (ualens fon e cortes e bos canayers darmas R.) e bos trobaires. Et auia en la soa encontrada una domna que auia nom madomna Sermonda moiller den Raimon de Castel Rossilho quera mot ric e gentils e braus e mals et orgoillos. (Et enamoret se duna gentil dona quera moiller dun onrat baro per nom En Raimon de Castel Rossilho R.). Longamen lamet En G. de Cabestanh en fet motas (mantas) bonas cansos. e la domna uolc tan de be quel fey son cavayer. et esteron ab gran ioi essems lonc temps. E fon dic al marit de la don el nac gran gelosia. et ensarret la en una tor. e fetz la fort gardar. e li foron faitz man desplazer don G. de Cabestanh intret en (ac) gran dolor et en gran distressa. e fes aquella canso que dis: Lo dos cossire. quem don amor[s] souen. E quan Raimon entendet la canso crezet que fos de sa moiller. quar dis en una cobla: Tot quan fas per temensa. deuetz en bona fei. penre neis quan nous uei. Et aquest mot entendet (car En Guilhem non la podia uezer). e mandet lo marit a N G. que uengues a parlamen. e menet lo ab si foras lonh del castel. et a trassio el li tolc la testa e mes la en un carnayrol. e trais li lo cor del cors (uentre). e mes lo en carnayrol com la testa (e fes lo portar a un escudier a son alberc). Et intret sen el castel. e fes lo cor raustir. (e far peurada). e fez lo aportar a la taula a la moiller. per so (per so car) la domna sagradaua fort de cor de saluaizina. e fes lo maniar a sa molher en semblan quel ne manies. E quan lac maniat. si leuet sus e dis que so que auia maniat eral cor den G. de Cabestanh. e mostret li la testa e demandet li sil era estat bos a maniar. E la domna conoc la testa den G. de Cabestanh. e dis que tan bos li era estat que iamais autre maniars ni autre beures nol tolria la sabor de la boca quel cor don G. de Cabestanh li auia laissada. El marit quant o auzi corrcc li dessus ab lespaza. e la domna ac paor e fugi al balcon e se laisset cazer ios e fo morta (e fugi ues la fenestra de la tor e gitet se de la fenestra aval e mori Hs. R). Et aquest mal fo sauputz per tota Cataloigna e per totas las terras del rei daragon. e per lo rei N Anfos e per tos los baros de las encontradas fo mot gran tristeza e grans dolors de la domna e den G. de Cabestanh. Et aiusteron se los parens den G. e de la domna e totz los cortes cauayers daquela encontrada (e tug li amador R.). e guerreieron R. de Castel Rossilhon a foc et a sanc. El rei Amfos darago uenc en la terra quan saup lo fag. e pres R. de Castel Rossilho e desfetz li los castels e las terras. e fes metr En G. de Cabestanh denan lus de la gleiza de San Ioan a Perpinhan e la domna ab el. E fon una longa sazo que tug li cortes cauayer e las domnas gentils de Cataluenha e de Rossilho e de Sardanha e de Cofolen e de Narbones uenian far cascun an anoal per lur armas aital iorn quan moriro. pregan nostre senhor que lur agues merce. Aissi com auetz auzit lo rei[s] pres R. de Castel Rossilho. el deseretet el tolc totz sos castels. el fes morir en sas preisos. e donet totz sos bes als parens den G. e de la domna que mori per el. (El cantar per quel muri comensa: Lo dos cossire Quem don amors souen. Et aysi a de sa obra R.).

XI. Hs. P. (Laurenzian. Hs. 42.). Monsegnor Raimon de Rousillion fo un ualenz bar aisi com sabetz. et ac (Hs. iac) per molher ma dompna Margarida la plus bella dompna com saubes en aqel temps. e la mais prezada (Hs. presiada) de totz bon pretz et de totas ualors e de tota cortesia. Auenc si qe Guillelm de Cabestaing. qe fo filhs (Hs. fu fil) dun paubre caualier(s) del castel de cabstaing. uenc en la cort de monsegnor Raimon de Rossillion e se presentec allui se il plasia qe el fos uaslet de sa cort. Monsegnor Raimon qel ui bel ez auinenz

et li semblet de bona part, dis li qe ben fos el uengutz e qe
demores en sa cort. Aisi demoret con el e saup si tan gen
captener qe pauc e gran lamauon. Et saup tan enuansar (Rayn.
enantisar?) qe mon segnor Raimon uolc qe fos donçel de ma
dompna margharida sa molher. Ez en aisi fo fait. Adonc ses-
forzet Guillelm de mais ualer et en ditz et en faitz. Mais en aisi
(Hs. ensi) com sol auenir d'amor, uenc c amors uolc assalir ma
dompna Margarida de son assaut et escalfet la (Hs. e s calfola)
de pensamen. tan li plasia lafar[s] de G. el dich el semblantz
qe non se poc tenir un dia, qella (Hs. qel) nol dizes: Aram di-
gatz Guillelm : S una dompna te fasia semblan d'amor, auzarias
la tu amar ? Guillelm qe sen era perceubutz li (Hs. le) respondet
tot franchamen: eieu, ma dompna, sol (Rayn. s'ieu, ma dompna,
saup?) qels semblanz fosson uertadier. Per saint Johan, fet
(Rayn. fec) la dompna, ben auetz respondut a guisa de pro.
Mas eras te uolh (Hs. uolgl) proar se tu poras (Hs. porai) saber
e conoisser de senblautz cal son uertadier o cal non. Cant
Guillelm ac entendudas las paraulas (Hs. parolas) responli
(Rayn. respondi?): Ma dompna tot aisi con uos plairia (Hs.
plaria) sia. Et commenset a pensar e mantenent li moc amors
esbaralla e lintret el cor tot de preon lo pensamen c amors tra-
met als sieus. Desenan (Hs. de ienan, Rayn. de si en an) fo
dels seruenz d'amor, e comencet de trobar cobletas auinenz e
gaias e danzas, e cantans dauinens cantor (= cantaire) era
dafans (Hs. e cantas dauinens cantor era da santz; Rayn. et
cantas d'avinens cantar era d'asautz), e plus a lei per cui el
cantaua. Et amors qe rend a sos seruenz sos gasardos, can li
uen a plaser, uolc rendre de son seruisi lo grat. Vai destreg-
nen la dompna tan greumen de pensamen d'amor e cousire,
qe iorn ni noit non podia pausar, pensan la ualor e la proessa,
qer en Guillelm pausada e messa tan aondosamen. Un iorn
auenc qe la dompna pres Guillelm el dis: G. eram digatz, tes
(Hs. es) tu ancara aperceubutz de mos semblanz, si son uerais
o mensongiers. G. respon: Dompna, sim (Hs. sin) uallia dieus,
del ora en sai qe fui uostre seruire, nom poc entrar el cor nul[s]
pensamen[s], qe non fossetz (Hs. fossatz) la melher (Hs. mielz)
canc nasqes (Rayn. nasquet?) e la mais uertadiera ab ditz
et a semblanz. Aiso crei e creirai tota ma uida. Et la dompna
respos: G. eu us dic (Hs. dis), se deus m'empar (Hs. men par),
qe ia per me non seres galiatz, ni (Hs. ne) uostre pensamen[s]
non er en bada. Et tes lo braz e l'abraset(z) dousamen inz
en la cambra (Hs. zambra, Italianismus), on ill eron amdui
assis, e lai comenseron lor drudaria. Et duret non longamen
qe lauzengier (H. lausiniers), cui dieus air, commenseron de
s'amor parlar, ez anar deuinan per las chansos qe G. fasia
disen qel sentendia en ma dompna Margarida. Tan anneron
disen e ius e sus ca l'aurella de mon segnor Raimon uenc.
Adonc li saup trop mal, et [era] trop greu iratz, pero ca perdre

li auenia [Hs. auinia] son conpagnon qe tant amaua, e plus del onta de sa molher: Un iorn auenc qe G. era anatz a esparuier (Hs. anat a sparuier) ab un escudier (Hs. escuier) solamen. Et monsegnor R. lo fetz (Hs. feiz) demandar on era. Et un ualletz li dis canatz era a esparuier (Hs. asparuier). Et sel (Hs. sil) qel sabia li dis en aital encontrada. Mantenent se uai armar darmas celadas, e si fet amenar son destrier. Et a pres tot sol son chamin uas cella part on G. era annat[z]; tan chavalqet qe trouet lo (Hs. trouerlo). Cant G. lo ui uenir (Rayn. venut?), si sen donet merauelha (Hs. merueilha), e tan tost li uenc mals pensamens. Et il uenc al encontra et il dis: Senher, ben siatz uos uengutz, com es aisi sols (Hs. aisols)? Monsengnor R. respondet: G. qar uos nauc qeren per solassarmi (H. solarmi)·a uos. Et auetz nient (Hs. nientz) pres? O ieu, sengner (Rayn. sengnor?), non gaire, car ai pauc trobat. Et qi [a] pauc trobat non pot gaire penre, so sabetz uos, si col proverbi ditz. Laissem oimais (Hs. u. Rayn. eimais) aqest (Hs. agest) parlamen estar, dis monsegnor Raimon; et digatz mi uer per la fe qem deuetz de tot aiso qe us uolrai demandar. Per deu, senher, ditz G., saiso es de dir (Hs. dadir), be uos dirai. Non uoill qim metatz nul escondit, so dis Monsenhor R., mas tot enteramen me diretz (Hs. diret) daiso qe us demandrai. Senher, pois qe us platz, demandatz mi, so dis G., si uos dirai lo ver. Et mon senhor R. demandet: G., si dieus e fes uos uallia, auetz dompna per cui cantatz ni per cui amor[s] uos destrengna (Hs. u. Rayn. destringna)? Guillelm respon: Seigner e com cantaria (Hs. con canteria) samor[s] nom destrengna? Sapchatz de uer, monsegnor, camor[s] ma tot en son poder. R. respon: ben o uoill creire, qestiers non pogratz tan gen chantar. mas saber uoill, si a uos platz, digatz qi es uostra donna. Ai! segnier, per dieu, [dis] G., garatz qem (Hs. qim) demandatz, si es raisons com (H. con) deia descelar samor, uos me digatz Qe sabes qen Bernard del uentendorn dis: Duna ren maonda mos senz Canc nulz hom mon ioi (H. iois) non enqis (H. enqers) Qeu uolentier non len mentis Qar non par bons ensegnamenz Anz es follia es enfança Qui damor a benenanza Qen uol son cor ad omes descobrir Se no len pod o ualer o seruir. Monsegnor R. respon: Eu uos pleuis qieus en ualrai a mon poder. Tan li poc dir R. qe G. li dis: Senher aitan sapchatz qeu am la seror de Madonna Margarida uostra molher. Et cuig en auer cambi damor. Ar o (H. ou) sabetz, eus prec qe men ualhatz o qe si uals no men tengatz dampnage. Prenez man e fe (H. fes), fet R., qeu uos iur eus pleuis, qe us en ualrai [a od. de] tot mon poder, et aisi l en fianset. Et qant l ac fiansat, li dis R.: eu uoill canam in qua lai car prop es daqui (H. de qi). Et us eu prec, fetz G., per dieu. Et enaisi prenneron lor cami uas lo chastel de liet. Et qan foron al chastel, si foron ben acuilliz per En Robert de tarascon qera maritz de Ma dompna

Agnes, la seror de Madompna Margarida e de (H. filr per) ma
dompna Agnes autresi. Et mon segnor R. pres Madompna
Agnes per la man, e mena la en chambra, e si saseton sobre (H.
sobra) lo liog. Et mon segnor R. dis: Aram digatz, cognada, fe
qem deuetz, amatz uos per amor? Ez ella dis: Oc, senher. Et
cui, fetz el? Aqest no us dic ien ges, et qe uos narromanzan? A
la fin tant la preget, qella dis camana Guillelm de Cabstaing.
Aqest dis ella, per zo quella uezia G. marritz (H. mauritz) e
pensan, et sabia ben com el amaua sa seror. don ella se temia qe
R. non crezes mal de G. Daiso ac R. gran alegressa (H. le-
gressa). Aqesta rason dis la dompna a son marit. El marit li (H.
le) respondet qe ben auia fait (H. fatz), et det li parola, qella
poges far o dir tot zo qe fos escampamen de G. Et la dompna
ben o fetz, qella apella G. dinz sa chambra, tot sol estet con el
tant, qe R. cuidet qe degues auer della plazer damor, e tot azo
li plazia. e commenset a pensar qe so qe li fo dig del non era
uer, et qe uan dizen. La dompna e G. essiron de chambra e fo
aparelliat lo sopar, e soperon con gran alegressa (H. legressa).
Et pois sopar, fet la dompna aparelliar lo lieg dels dos prop
del nis de sa chambra. e tant feron qe duna semblanza qe
dautra la dompna e Guillelm qe R. crezia qe G. iagues con
ella. Et lendeman (H. la doman) disnaron al castel con gran
alegressa (H. legressa). e pois disnar sen partiron con bel
comiat e uengueron a Rossillio. Et si tost com R. poc, se parti
de G., e uenc sen assa molher, e contet li zo qauia uist de G.
e sa seror. De zo ac la dompna gran tristessa touta la nuoig.
Et lendeman (H. lademan) mandet per G. e si lo receup mal,
ez appelet lo fals e traitor. Et G. li clamet merce, si com hom
qe non auia colpa daiso qella lacassonaua (Rayn. l'acasionava,
besser acaizonava); et dist (sic = dixit) li tot zo com era
estat a mot a mot. Et la dompna mandet per sa seror e per
ella saup (H. ella e sap) ben qe G. non auia colpa. Et per zo
la dompna li dis el comandet qel degues far una chanson
ella qal el mostres qe non ames autra dompna mas ella. don
el fetz aqesta chanson qe dis: Li doutz consire qem don
amors souen Dompnam fai dir de uos mant uers plazen (H.
plagen) Pensan remire nostre cors car e gen Cui eu (H. en)
desire mais qieu non fatz paruen (H. parauen) Et se tot me
deslei De uos ges non aunei Qades uas [uos] soplei Per fran-
cha benuolhenza Dompna cui beutat genza Mantas uetz (H.
auetz) oblit mei Qeu laus uos e merceí. Et qant R. de Rossil-
lon ausi la chanson qe G. auia facha de sa molher, donc (H.
don) lo fetz uenir a parlamen assi (= ab si) fora del chastel,
et talhet li la testa, et mes la en nun carnarol. e tras li lo cor
del cors e mes lo con la testa. Et annet sen al chastel, et fet lo
cor raustir, et aportar a la taula a la molher, e fetz lui (= loi fur
lo li) mangiar antesabuda. Et qant lac maniat, R. se leuet sus,
e dis a la molher qe so qella (H. qel) auia maniat era lo cor[s]

den G. de Cabstaing, e mostret li la testa. e demandet li se
era estat bon a maniar. Et ella auzi ço qil demandaua, e ui
e conoc la testa den G. Ella li respondet, e dist li, qel era
estat si bons e saboros, qe iamais autre maniars ni autres
beures nol torrian [la] sabor de la boca (H. boccha), qel cor[s]
den G. li auia lassat. Et R. li cort (Rayn. cortz?) sobre com
lespasa (H. sobra cola spasa). Et ella li fug aluic dun balcon
ius et esmondegasi lo col. Aiqest mal[s] fo saubutz (H. sabutz)
per tota Catalogna e per totas las terras del rei daragon e
per lo rei Anfos e per totz (H. tot) los barons de las encon-
tradas. Gran tristessa fo e grans dolors de la mort den G. e
de la dompna, qaisi laidamenz los auia mort[z] R. Et iosteron
si li paren den G. e de la dompna, et tuit li cortes chaualiers
daiqella encontrada, et tuit cil qi eron amador e guerreieron
(H. guerriren) R. a foc et a sanc. El reis Anfos daragon uenc
en aqella encontrada, qant saup la mort de la dompna e del
chaualier, et pres R. e desfetz li lo chastel(s) e las terras; et
fetz G. e la dompna metre en un monimen denan luis de la
gleisa [a] perpignac en un borc (H. bor) qes (H. qe) en plan de
Rossillion e de sardogna, lo cals borc es del rei(s) daragon. Et
fo sazos qe tuit li caualier de Rossillion e de sardogna e de
cofolen e de riuples e de peiralaide e de narbones lor fazian
chascun an [an]noal; et tuit li fin amador[s] e las finas ama-
ressas preganen dieus per la[s] lor armas. Et aisi lo pres lo
rei[s] daragon R. e deseritet lo; el fet morir en la prison; et
det totas las soas possession[s] als parenz den G. e als parens
de la dompna qe mori per el. El borc[s] en lo cal foron seppe-
litz G. e la dompna a nom Perpignac.

XII. Hs. B. Peire rotgiers si fo daluernge. e fo canorges
de clarmon. e fo gentils hom e bels et auinens e sauis de le-
tras e de sen natural. e [trobaua e] cantaua bens. et laisset
la canorga e fetz se ioglar(s). et anet per cortz. e foron grazit
li sieu chantar. e uenc sen a narbona en la cort de ma domp-
na nesmengarda que era adoncs de gran ualor e de gran pretz.
et ella lacoillic fort ben el honret. e ill fetz grans bens [gran
be]. et el senamoret della en fetz sos uers e sas chanssons
della. et ella los receup els pres engrat. et apellaua la. tort
mauetz. lonc temps estet ab ella en cort. e si fon crezut qel
agues ioi damor della. don ella en fo blasmada per las gens
[de las gens daquela encontrada]. e [per temor del dit de la
gen] det li comiat e partit lo de si. et el sen anet [dolens e
pensieus e consiros e marritz] an raembaut daurenga. si cum
el dis el siruentes qel fetz de lui que ditz. seignen raembaut
(H. rambaut) per uezer. de uos lo conort el solatz. sui sai
uengutz tost e uiatz. mai que non sui per nostrauer. que sa-
ber uoill qan men irai. ses tals lo gabs cum hom lo fai. si ni a
tanto meins o mai. cum aug dir ni comtar de uos. El estet lonc
temps ab en raembaut daurenga. e puois sen partic de lui et

anet sen en espaigna estar ab lo bon rei amfos daragon. e pois
estet ab lo bon comte raimon de tolosa. tant qant li plac et el
uole. mout ac gran honor el mon tant cum el i estet. e pois se
rendet en lorden de gran mon. e lai el fenic.

XIII. IIs. IK. Lo reis daragon aquel que trobet. si ac
nom amfos. E fo lo premiers reis que fo en arragon. fils den
raimon berrengier que fo coms de barsalona. Que conques
lo regissme darragon. el tolc a sarrazins. Et anet se coronar
a roma. E quant sen uenia el mori en poimon. al borc sainz
dalmas. e so fils fo faiz reis. Amfos qe fo paire del rei peire.
lo qual fo paire del rei iacme.

XIV. IIs. IK. Quant la patz del rei de fransa se fetz e del
rei richart si fon faitz lo cambis daluergne e de quaersin. qual-
uergnes si era del rei richart e quaercins del rei de fransa e
remas aluergnes al rei de fransa e caercins an richart. don lo
dalfins e sos cosis lo coms gis queron seingner daluergne el
comte foron molt trist et irat per so quel reis de fransa lor
era trop uezis. e sabian quel era cobes et auars e de mala
seingnoria. e si fon el que tan tost com el ac la seingnoria
el compret un fort castel en aluergne que a nom nouedre. e
tolc usoire al dalfin que era uns rics bores. e si tost com en
richartz fon tornatz a la guerra ab lo rei de fransa en richartz
si fo a parlamen ab lo dalfin et ab lo comte guion son cosin del
dalfin. e si lor remembret los tortz quel reis de fransa fazia. e
com el los mantenria se il li uolion ualer e reuelar se contral
rei de fransa. el lor daria caualiers e balestiers e deniers a
lor comandamen. Et il per los grans tortz quel reis frances
lor fazia si crezeron los ditz den Richart e saillirron a la guerra
contra lo rei de fransa. E tan tost com en richartz saup que
ill dui comte daluergne lo dalfins el coms gis sos cosins eran
reuelat contral rei de fransa el pres treuas ab lo rei de fransa
et abandonet lo dalfin el comte guion e si sen passet en engla-
terra. El reis de fransa si fetz sa gran ost e uenc sen en al-
uergne e mes a fuoc et a flama tota la terra del dalfin e del
comte guion e tolc lor bores e uilas e chastels. E com ill ui-
ron que ill nos podion deffendre del rei de fransa si preiron
treuas ab lui a V mes. e si ordeneren quel coms gis sen anes
en englaterra saber si en Richart lor aiudaria si com el lor
auia iurat e promes. El coms guis sen anet lui en englaterra
ab X caualliers. En richartz lo ui mal el recep mal e mal lon-
ret e no ill donet ni cauallier ni siruen ni balestier ni auer
don el sen tornet paubres e dolenz e uergoingnos. E tan tost
com fon tornatz en aluergne lo dalfins el coms gis sen aneren
al rei de fransa e si sacorderon ab el. e quant se foron acor-
datz la treua del rei de fransa e den richart si fo fenida. el
reis frances aunet sa gran ost et entret en la terra del rei
richart e pres uilas et ars e bores e castels. E quant en richartz
auzi aquest faich si uenc ades e passet de sai mar. e tan tost

com el fo uengutz el mandet dizen al dalfin et al comte guion
que ill li deguessen aiudar e ualer. que la treua era fenida.
e saillir a la guerra contral rei de fransa. et ill no ill en feiron
nien. El reis richartz cant auzi que ill no ill uolion aiudar
de la guerra, si fez un siruentes del dalfin e del comte guion
el qual remembret lo sagramen quel dalfins el coms gis auion
fait ad el. e com lauian abandonat. car sabian quel tresors
de quinon era despendutz. e car sabian quel reis frances era
bons darmas en richartz era uils. e com lo dalfins fon larcs e
de gran mession e quel era uengutz escars per far fortz cas-
tels. e quel uolia saber sil sabia bon dusoire quel reis frances
li tolia ni sen prendia ueniamen nil tenria soudadier. El sir-
uentes si comensa en aissi: dalfin ieus uoill deraisner. Elo dal-
fins si respondet al rei richart en un autre siruentes a totas
las razos quen richartz el (sic = il) auia razonat mostran lo seu
dreich el tort den richart et encusan en richart dels mals quel
auia faitz de lui e del comte guion e de mainz autres mals que
auia faitz dautrui. El siruentes del dalfin si comensa en aissi:
reis pois de mi chantatz.

XV. Hs. B. Lo dalfins daluernge si fo coms daluernge.
uns dels plus sauis cauailliers e dels plus cortes del mon. e
dels plus lares. el (H. e) meiller darmas. et aquel que plus
[saup] damor e de dompnei e de totz faitz auinens. el plus
conoissens el plus entendens hom e que mieills trobet coblas
e siruentes e sons e tensos. el plus gen parlans hom que anc
fos a sen et a solatz. e per larguesa que fon en lui perdet ben
la meitat e plus de tot lo sieu comtat. e per sen et per aua-
resa el saup puois recobrar et gazaignar assatz plus quel non
auia perdut.

XVI. Hs. H. (Vatican. 3207). Lo dalfins daluernhe si era
drutz duna demna dun son castel et auia nom domna mau-
rina. et un dia ella mandet al baile del dalfin que ill des lart
ad ous frire. el baile si len det un metz bacon. E leuesques
lo saup e fetz naquesta cobla blasman lo baile car no il det lo
bacon tot entier e blasman lo dalfin que lo fetz (H. feisetz)
dar metz: Per crist sil seruens fos meus Dun cotel li dari al
cor Can fez del bacon partida A lei que lil queri tan gen.
Ben saup del dalfin lo talen Que sel plus ni men no i meses A
la ganta li dera tres Mas pose en uer dire Petit ac lart mau-
rina als ous frire. — Leuesques si era drutz duna fort bella
dompna quera moiller den chantart de caulec questaua a
pescadoiras el dalfins sil respondet a la cobla: Li euesque
troban en sos breus Mais uolon chaulet que por (st. porc) E
pesca que li couida A pescadoiras fort souen Per un bel
peisson que lai pren El peissos es gais e cortes Mas duna re
les trop mal pres Car ses laissatz ausire Al preueire que no
fais mas lo rire. — Lo dalfins fetz aquesta cobla den bertran
de la tor e mandet la il per mauret quera uns ioglars en la

sazon que Bertrans ac laissada ualor e larguessa: Mauret
bertran a laissada.

XVII. Hs. B. Peire raimons de tolosa lo uieills si fo fills
dun borzes e fetz'se ioglar(s). et anet, sen en la cort del rei
namfos daragon. el reis lacuillic e il fetz grand honor. et el
era sauis hom e sotils. e saup molt ben chantar e trobar. e
fetz de bons uers e de bonas chanssos e de bons motz. et
estet en la cort del rei. e del bon comte raimon de tolosa lo
sieu seignor. et en la cort den guillem de saint leidier [longa
sazon. pois tolc moiller a pomias e lai el definet]. et aqui
son escriutas de las soas chanssos.

XVIII. Hs. B. Arnautz de maruoill si fo de lenescat de
peiregos (peiragorc) dun chastel qui a nom maruoill. e fon
clergues de paubra generation. ecar el non podia uiure per
las soas letras el sen anet per lo mon. e sabia ben trobar. et
entendet se en (e sentendia be. et astre et aueutura conduis
lo a la cort de) la comtessa de burlatz. qera filla del pro (pros)
comte raimon moiller del nescomte de beders que auia nom
taillafer. et aqest narnautz era auinens hom de la persona. e
cantaua trop ben e ligia [legia] romans. e la comtessa li fazia
grans bens e grans honors. et el senamoret en licis (dela) en
fazia sas chanssos. mas non lo ausana dir [a ela] ni a negun qel
las agues faitas. anz dizia qautre las fazia. e si auenc qamors lo
forsset tant qez el fetz una chansson della. la cals comenssa.
La franca captenenssa quen non puosc oblidar. Et en aquesta
chansson el li descobric lamor qel lauia. e la comtessa no les-
quiuet anz entendet sos precs els reccup els grazi. e garnic
(H. grarnic) lo de grans arnes. eil fetz grand honor e grand
plazer. e det li baldessa e confort de trobar e de chantar della.
e tant qez el uenc honratz hom e ualens de cort. don el si fetz
maintas bonas chanssos della comtessa. en las cals chanssos
el mostret cum el en ac de grans bens e de grans mals.

XIX. Hs. EIKPR. Vos auetz auzit (entendut) qui fo arna-
utz di meroil (miroil) e com senamoret de la comtessa (nes-
comtessa) de bezers filha del pros comte raimon de tolosa
maire del nescomte de bezers que il frances auciron quan
lagron pres a carcassona. la quals comtessa era dicha de
burlatz per so quela fon nada dins lo castel de burlatz. molt
li uolia gran be arnautz ad ela e moltas bonas cansos en fetz
de leis e mout la preguet ab gran temensa. et ela uolia gran
ben a lui. E lo rei[s] nanfos que entendia (sentendia) en la
comtessa sapercenp que nolia ela gran be ad arnaut. El rei[s]
fo ne fort gilos e dolens quan vit los semblans amoros quela
fazia az arnaut ed auzic las bonas cansos quel fazia dela. Si
la occaizonet darnaut. e dis tan e tan li fes dire quela donet
comiat ad arnaut el uedet que mais nol fos denan ni mais
cantes dela e dels sieus precx dela. Arnautz quant auzi lo
comiat fo sobre totas dolors dolens. e si sen parti com hom

desesperatz de lieis e de sa cort. et anet sen an guillem de monpeslier quera sos [corals] amics e sos senher. et estet gran temps ab lui. e lai plays e ploret e lai fes aquesta canso que dis: Molt eran dous miei cossir.

XX. Hs. B. Girautz de borneill [si] fo de lemozi de lencontrada desiduoill dun ric castel del uescomte de lemotgas. e fo hom de bas afar mas sauis hom fo de letras e de sen natural. e fo meiller trobaire que neguns daquels que eron estat denant lui. ni que foron apres lui. per quel fo apellatz maestre dels trobadors. et es ancaras (ancar) per totz aquels que ben entendon (H. entendion) sotils ditz ni ben pausatz damor ni (e) de sen. fort fon honratz per los ualens homes e per los entendens e per las dompnas qentendion los sieus amaestramens (maestrals ditz) de las soas chanssons. e la soa maineira (uida) si era aitals que tot linuern estaua en escola et aprendia letras. e tot lestiu anaua per cortz e menaua [ab se]. II. chantadors que chantauont las soas chansons. non uolc mais moiller mas tot so que gazaignaua donaua (daua) a sos paubres parens et a la gleisa de la uila on el nasquet. la cals gleisa auia nom et a ancaras (encaras) saint geruasi.

XXI. Hs. B. Peire uidals si fo de tolosa fills dun peillicier. e (el A.) cantaua meills dome del mon [e fo bos trobaires E.]. e fo dels plus fols homes que mais fossen. qel crezia que tot fos uers so que a lui plazia ni qel uolia. e plus leu li auenia trobars que a nuill home del mon. et aqel que plus rics sons fetz. e maiors foillias dis darmas e damor e de mal dir dautrui. e fo uers qus caualliers de sain gili li taillet (fes talhar EPR.) la lengua. per so qel daua ad entendre qel era drutz de sa moiller. e nuc del bauz lo fetz garir e metgar. e qand fo garitz et el sen anet outra mar. e de lai amenet una grega qeil fo donada per (a LM.) moiller en cipre. cil fon donat (dat) ad entendre que ella era (H. elle) nesta (nepta R.) de lemperador de constantinople. e que per lieis deuia auer lemperi per razon. dond el mes tot qant poc gazaignar (aiostar et auer A.) a far nauili. qel crezia auer lemperi e conquistar. (e portaua armas emperials) e faziais clamar emperaire e sa moiller emperairitz. e pregaua totas las bonas dompnas qel uezia (e si sentendia en totas las bonas dompnas que uezia e totas las pregaua damor e totas li dizion de far e de dir tot so quel uolgues. e per so el crezia esser drutz de totas e que chascuna moris per el). e totas lenganauan. e totas uetz [el A.] menaua rics destriers e [portaua] ricas armas e cadeira e campolieit emperial. e crezia esser dels meillors caualliers del mon el plus amatz de dompnas.

XXII. Hs. EHPR. Peire uidals si com ieu uos ai dig sentendia en totas las bonas domnas e crezia que totas li uolguesson be per amor. e si sentendia en ma domna nalazais quera molher den barral lo senhor de Marselha lo quals uolia meils

a peire uidal qua home del mon per lo ric trobar e per las
grans (belas, ricas) folias que dizia e fazia. e clamauan se
abdui raynier. E peire uidals si era priuatz de cort e de cambra
den barral plus cóme del mon. En barral[s] si sabia be que
peire uidal[s] se entendia en sa molher e tenia loi a solatz
e tug aquilh que o sabion. e si salegraua de las folias quel
fazia ni dizia. e la dompna o prendia en solatz si (aissi R.) com
fazian totas las autres dompnas en que peire uidals sentendia.
e cascuna li dizia plazer e ill prometia tot so que ill plagues
(que allui plazia P.) e qel demandaua. et el era si sauis quo
tot o crezia. E quan peire uidal[s] se corrossaua ab ela en
barral[s] fazia ades la patz el fazia prometre tot so que deman-
daua. E quan uenc un dia peire uidals si saup quen barrals
se era leuatz e que la domna era tota sola en la cambra. Peire
uidals intra en la cambra e uenc sen al leit de ma dompna
nalazais troba (atrobet R.) la dormen et aginolla (aginoillet
R.) se dauan ela e baizet li la boca. et ela sentit lo baizar e
crezet que fos en barrals sos maritz. e rizen ela se leuet e garda
e ui lo fol (de) peire uidal e comenset a cridar et a far gran
rumor. E uengron sas donzelas (al crit R.) de lains quant o
auziron e demanderon ques aisso? E peire uidal[s] sen issit
fugen. E la domna mandet per en barral e fes li gran reclam
(clam R.) de peire uidal que la auia baizada. e ploran lcu
preguet quel en (ne R.) degues penre uengausa. Et (tantost
R.) en barrals si (ayssi R.) com ualens hom et adregz si pres
lo fag a (en R.) solatz e comenset a rire et a reprendre sa molher
car ela auia faita (fait) rumor daisso quel fols auia fait (car
ela menaua tal dol R.). Mas el non la (no lan R.) poc castiar
quela no mezes gran rumor per lo fait (qella non meses en
gran romor et en gran reclam lo fait P. quela no menes gran
dol per lo fach R.) e sercau et enqueren (e queren R.) lo mal
de peire uidal e grans menassas fazia de lui. Peire uidal[s]
per paor daquest fait montet en una nau et anet sen a genoa.
e lai estet [longa saison P.] tro que pois el passet outra mar
ab lo rei Richart. que ill fo mes en paor que ma dompna naza-
lais li uolia far tolre (que ac paor de perdre) la persona. Lai
estet longa sazo e lai fes maintas bonas cansos recordan del
(lo HR.) baizar quel auia emblat. e dis en una canson la qual
comensa: Aiostar e lassar (MG. 22. 372. 680. 681, Str. 2): As-
satz par Que loingnar Me uole de sa reio Can passar Mi fes
mar Per queu lan occaizo Mas non ai sospeisso Quiel serui Ab
cor fi Tan quan puec abando E non aic guizardo Mas un petit
cordo Si agui Cun mati Entrei dins sa maiso El baizei a lairo
La boca el mento. Et en un autre loc el dis (MG. 384. 385.
Str. 4): Pus onratz Fora com natz Sil bais emblat[z] mi fos
datz Egent aquitatz. Et en autra chanso el dis la qual comen-
sa Si col panbres que iay el ric ostal (MW. 222, Str. 6): Bem
bat amors ab las uergas quieu cuelh Quar una uetz en son

reial capduelh Lemblei un bais don tan fort me soue Ai tan
mal trai qui so quama no ue. Aisiestet longa sazo outra mar.
que non auzaua uenir ni tornar en proensa. En barral[s] que
li uolia aitan de be com auetz auzit si preguet tan sa molher
quela li perdonet lo fait del baizar e loi autreiet en don. En
barral[s] si mandet per peire uidal e sil fes mandar gracia e
bona uoluntat de sa molher e que uengues a sa molher. et el
uenc ab gran alegreza (alegrier R.) a Marselha et ab gran ale-
greza fo receubutz per en barral (e fon fort be aculhit per
cascu R.) e per ma domna nalazais. et autreiet li lo baizar en
do quel li auia emblat [e fo li tot perdonat R.]. don peire uidal[s]
fes aquesta chanso que dis: Pos tornatz soi en proensa (MW.
I, 224).

XXIII. Hs. ER. Peire uidal[s] per la mort del bon comte
raimon de toloza si se marri (se esmarric R.) molt e det se
gran tristessa e uestit se de negre e talhet las coas e las aurel-
has a totz los sieus cauals et a si et a tos los sieus seruidors
(e a tota soa maynada R.) fes raire (toldre R.) los cabelhs de
la testa. mas las barbas ni las onglas non se feiron taillar (nils
guinhos noic se tolgron R.). Molt anet longa sazo a lei de fol
home e de dolen. Et auenc se en aquela sazo quel anaua
enaissi dolens quel reis nanfos darago uenc en proensa. e
uengro ab lui totz los bos homes de sa terra blascols romieus
en garsias romieus en martis del canet en miquels de luzia
en sas dantilon en guillems dalcalla en albertz de castelueil
en raimon gausseran de pinos en guilems raimons de moncada
en arnautz de castelbon en raimons de caucira. e troberon
peire uidal enaissi trist e dolen et enaissi aparcillat (e marrit
R.) a lei de fol. e lo reis lo comenset a pregar e tug li autre
sei baro que eron sei amic especial quel degues laissar aquesta
dolor e degues se alegrar e cantar e quel degues far una chanso
que ill portesson en arago. Tan lo preguet lo reis e ill siei
baro quel dis que se alegraria e laissaria lo dol quel fazia e
quel faria chanso e tot so que ill plagues. — Et el si amaua
la Loba de Puegnautier e ma domna estefania que era de
sardanha. et aras de nouel era senamorat de ma domna raim-
bauda de biolh molher den guillem rostanh quera senher de
biolh. Biolhs si es en proensa que es en la montanha part
lombardia. La Loba si era de carcasses e peire uidals si se
fazia apelar Lop per ela e portaua armas de lop. et en la mon-
tanha de cabaretz si se fetz cassar ab cas et ab mastis (maustis
R.) et ab lebriers si com hom fai (cassa R.) lop. e uesti (uestia
R.) una pel de lop per donar a entendre als pastors et als cans
quel fos lops. e li pastor ab lor cans lo cassero el baratero
si en tal guiza (si malamen) quel en fo portatz per mort a
lalberc de la loba de puegnautier. E cant ela saup que aquest
era peire uidals ela comenset a far gran alegreza de la folia
que p. uidals auia faita e a rire molt el maritz de leis atressi.

e recenbron lo ab gran alegreza. El maritz lo fes penre e fes lo metre en luec rescos al miellhs quel poc ni saup. e fes mandar per metge e fes lo metgar tro quel fon gueritz. — E si com nos ai comensat a dire de p. uidal que auia promes al rei et a sos baros de cantar e de far chanso. can fon gueritz lo reis fes far armas a se et a lui. e uestit se e p. uidal et agenset (genset R.) se molt fort. e fes adoncs aquesta canso (la qual nos auziretz) que dis: De chantar mera laissatz Per ira e per dolor (MW. I, 226).

XXIV. Hs. AB. Bertrans de born si fo uns castellans de leuescat de peiregos (peiregors). seigner dun castel que auia nom antafort (uescoms dautafort un castel que auia prop de mil homes. et auia fraires e cuiauals deseretar si no fos lo reis denglaterra). totztems ac gerra ab (com) totz los sieus uezins. ab lo comte de peiregos. et ab lo uescomte de lemotgas. et ab son fraire constantin. et ab en richart tant qant fo coms de peiteus. bons cauallhiers fo e bons gerriers. e bons dompneiaire. e bons trobaire. e sauis e ben parlans. e saup tractar mals e bens. et era seigner totas uez qan se uolia del rei henric denglaterra e del fill de lui. mas totz temps uolia quill aguesson gerra ensems lo paire el fills. e ill fraire luns ab lautre. e totztemps uolc qel reis de franssa el reis denglaterra agessen gerra ensems. e sil auian (aguen) patz ni treua ades se penaua eis percassaua ab sos siruentes de desfar la patz. e demostraua (de mostrar) cum chascuns era desonratz en la patz. e si nac de grans bens e de grans mals daisso qel mesclet entre lor. e si en fetz mains bons siruentes. dels cals en a aissi plusors escritz.

XXV. Hs. EIKR. Mot fe be siruentes et anc no fes mas doas cansos. El rei[s] darago donet per molher las cansos den guiraut de bornelh als sieus siruentesc. Et aquel que cantaua per el auia nom papiol. Et era azautz e cortes. e clamaua rassa lo coms de bretanha el rei denglaterra oc e no el rei ioue so filh marinier. E metia tot son sen en mesclar guerras. e fes mesclar lo paire el filh denglaterra tan quel rei[s] ioue[s] fo mortz dun cairel en un castel den bertran de born. — En bertran sis uanaua quel cuiaua tan ualer que nos pensaua que tot son sen lagues mestier. E pueis lo rei[s] lo pres. e quan fo pres el li demandet si auia tot son sen. que aras nos aura ops. Et el respos quel auia tot lo sen perdut. quar tot lo perdet quan lo rei ioue mori. Adoncs se ploret lo rei de so filh e perdonec li el uesti el donet terras et honors. E uisquet longamen el segle. e pueis se rendet en lorde de cistel.

XXVI. Hs. IK. De ci en auan son escrits dels siruentes den bertran de born loscals an la rason per quel fon faits lo siruentes e la rasons lun apres lautre. — a) K. 168,b. I. 183,a. Bertrans de born si sappelaua raissa ab lo comte iaufre de

bretaingna quera fraire del rei ioue e den richart quera coms
de peitieus. En richartz en iaufres si sentendion en la dom-
tolosa. et ella los refudaua totz per en bertran de born que
el reis nanfos (namfos K.) daragon en raimons lo coms de
na den bertran de born na (Hs. ena) maenz de montaingnac
auia pres per entendedor. e per castiador. e per so que ill
remasessen (Hs. remesesen; Rayn. remansessen) dels precs
della el uolc monstrar al comte iaufre quals era la domna
en cui el sentendia. e si [la] lauzet en tal maineira que par quel
lagues uista unda e tenguda. e uolc ben com saubes que na
maenz era la soa domna aquella que refudana peiteus. so
era en richartz quera coms de peitieus. en iaufres quera coms
de bretaingna el rei[s] daragon quera seigner de sarragoza el
comte raimon quera seingner de tolosa. e per so dis en ber-
trans: Rassa als rics es (H. etz) orgoillosa. e fatz (H. faitz) gran
sen a lei de tosa. que no uol peitieu ni tolosa. ni bretaingna ni
seragosa. anz es tan de pretz enueiosa. quals p:os paures es a-
morosa. E daquesta razon que us ai dicha el fetz son sir-
uentes de blasmar los rics que re non donon (H. que tenon
don) e que mal acoillon e sonan (H. mal uolen e sonen) e que
senes tort ochaisonen e qui lor quier (Rayn. requier gegen
Hs.) merce que non perdonen ni seruizi non guierdonen. et
aquels que mais non parlon si non de uolada dans tor ni mais
damor ni darmas non auson parlar entre lor. E uolia quel
coms richartz guerreies lo uescomte de lemogas e quel ues-
coms si deffendes proosamen. E daquestas razos si fetz lo sir-
uentes que ditz: Rassa tan creis e mont e puoia (MW. Werke
d. Troub. I, 270). — b) K. 168, a. I. 182, b. Bertrans de born
si era drutz de ma dompna (donna K.) maentz de montaing-
nac de la moiller den (H. de) tallairan que era aitals dompna
com uos ai dich en la razon [del siruentes Zusatz von Rayn.]
de la domna soisenbuda. E si cum eu uos dis elal parti de si
e det li comiat. et encusaua lo de ma domna guiscarda de
la moiller del uescomte de comborn duna ualen domna que
fon de bergoingna sor den guiscart de belioc auinens domna
et enseinguada. era complida de totas beutatz. si la lauzaua
fort en comtan et en chantan. Bertrans enans quel la uis
era sos amics per lo ben quel auzia (H. dizia. Rayn. auzi)
della. et enans quel a fos uenguda a marit al uescomte de
comborn e per alegressa quel ac de la soa uenguda si fetz
aquestas coblas que dizion: 1. Ai! lemozis franca terra corte-
za. mout me sap ben car tals honors uos creis. que iois e
pretz e deportz e gaiessa. cortezia e solatz e domneis. sen
uen a nos el cor[s] estai (H. estei) ancceis. bes deu gardar
qui a drutz se depeis. per cals obras deu domna esser con-
quisa. 2. Dons e seruirs e garnirs e larguesa. noiris amor com
fai laiga lo peis. enseingnamens e ualors e proessa. armas
e cortz e guerras e torneis. e qui pros es ni de proessas feis.

mal lestara saoras non pareis. pois na guiscarda nos es en
sai tramesa. E per aquesta domna guiscarda sil (si I.) parti
de si ma domna maenz. quella crezia quel li uolgues meills
que ad ella e quella li fezes amor. E per aquest departimen
el fetz la dompna soisenbuda el siruentes que ditz: Eu mes-
condic dompna que mal non mier (MW. I, 272). — c) K. 167,
b. I. 182, a. Bertraus (bertrams K.) de born si era drutz duna
domna gentil e ioue e fort prezada. et auia nom ma domna ma-
enz de montaingnac moiller den talairan quera fraire del comte
de peiregors et ella era filla del nescomte de torena e seror de
ma dompna maria de uentedorn e de nelis de monfort et en
son chantar lapellaua dalfi. e segon quel dis en son chantar
elal parti de si eil det comiat don el fon mout tristz et iratz e
fetz razo que iamais no la cobraria ni autra non trobaua que
il fos tan bella ni tan bona ni tan plazens ni tan enseingnatz.
e penset pois quel non poiria cobrar neguna que ill pogues
esser egals. e la soa domna li conseillet quel en fezes una en
aital guisa quel soiseubes de las autras bonas dompnas e bel-
las de chascuna una beutat o un bel semblan o un bel acuil-
limen o un auinen parlar o un bel captenemen o un bel garan
o un bel taill de persona. et en aissi el anet queren a totas las
bonas dompnas que chascuna li dones un daquestz dos que
auetz auzitz nomuar(Hss. nommar) per restaurar la soa domna
cauia perduda. Et el siruentes quel fetz daquesta razon uos
auziretz nommar (nomar I.) totas las domnas a lasquals el anet
querre socors et aiuda a far la domna soisenbuda. El siruentes
quel fetz daquesta razon si comensa: Dompna pois [puois K.]
de mi nous cal (MW. I, 273). — d) K. 168, a. I. 182, b. Bertrans
de born si fo acomiadatz de soa domna ma dompna maenz de
montaingnac e no ill tenc (ten I.) pro sagramenz ni esditz
quel fezes en comtan ni en chantan quela uolgues creire quel
non ames na guiscarda. e si sen anet en saintonge uezer ma
dompna na tibors de montasquer quera de las plus prezadas
domnas que fossen el mon de beutat e de ualor e denseingna-
men. et aquesta (aqella K.) domna era moiller (moller K.)
del seignor de chales e de berbesil e de montausier. En ber-
trans sil fetz reclam de ma dompna maentz que lauia partit
de si e nol uolia creire per sagramen ni per esdich que li fezes
quel no uolgues ben a na guiscarda. e si la preguet quelal
degues recebre per cauallier e per seruidor. Ma domna na
tibors com sauia domna quella era sil respondet en aissi: Ber-
tran per la rason que uos etz uengutz sai a mi eu en son mout
alegra e gaia e tenc mo a grant honor. e dautra part si me
desplatz ad honor mo tenc. car uos metz uengutz uezer ni
preiar queu uos prenda per cauallier e per seruidor. e desplatz
me mout si uos auetz faich ni dich so per que ma dompna
maenz uos aia dat comiat ni per que sia irada ab uos. mas eu
son aquella que sai ben com se cambia tost cors damadors e

damairitz. e si uos non auetz faillit uas ma dompna maenz
tost en sabrai la uertat. e si uos retornerai en la soa gracia
sen aissi es. e si en uos es lo faillimens eu ni autra domna nos
deu mais acuillir ni recebre per cauallier ni per seruidor. mas
eu farai ben aitan queu uos penrai a mantener [et Rayn.] a
far lo concordi entre nos et ella. Bertrans si sen tenc mout
per pagatz de la responsion de la dompna na tibors e promes
li quel non amara mais autra domna ni seruira sinon ma domna
na tibors si causa er quel non pogues recobrar lamor de ma
domna maenz. E ma domna na tibors promes an bertran que
sella nol podia acordar ab ma domna maenz quelal recebria
per cauallier e per seruidor. E non anet longa sazo que ma
dompna maenz saup quen bertran non auia colpa et escou-
tet los precs que ill eron faich per en bertran et sil tornet
en gracia de uezer lo e dauzir sos precs. et el li comtet el dis
lo mantenemen que ill auia faich ma domna na tibors e la pro-
mession que ella auia faich ad el (Hss. els). don ma domna
maenz li dis quel prezes (Hss. del pretz et) comiat de ma
dompna na tibors e queis fezes absoluer las promessions elz
sagramens [Hss. noch assatz don es] don es] queil auian faich (faitz
K.) entre lor. don bertrans de born fetz aquest siruentes:
Sabrils e foillas e flors. E si recordet (Hss. ricordet, Italia-
nismus) lo socors quanet a demandar a ma domna na tibors
e lacoillimen quella li fez dins son repaire en una cobla quel
dis: Domna sien quezi socors. Et en las autras coblas blas-
met los rics baros que ses donar per paor uolian pretz auer
e com non auses retraire los mals que ill fazian et autres que
basten uolian se far parer rics, autres per tener cans et
austors et autres per guerreiar laisson ioi e iouen et amor.
los autres per los grans [despes od. messios fehlt] que fazian
als torneiamens on raubauen los paubres caualiers e laissa-
uan los grans faitz donor. e daquestas razos fetz aquest sir-
uentes: Sabrils e foillas e flors (MW. I, 275). — e) K. 166,b.
I. 181, a. Bertrans de born si com eu uos ai dich en las autras
razos si auia un fraire que auia nom costantin de born. e si
era bons cauallier[s] darmas mas non era hom que sentremeses
(Hss. sentrameses) molt de ualor ni donor. mas totas sazos
uolia mal an bertran e ben a totz cels qui uolian mal an ber-
tran. e sil tolc una uetz lo castel dautafort quera damdos
communalmen (Rayn. en comunailla). En bertrans sil recobret
e sil casset de tot lo poder. et aquel si sen anet al uescomte
de lemogas quel degues mantener contra son fraire. et el lo
mantenc. el reis richartz lo mantenia contran bertran. E ri-
chartz si guerreiaua (Hs. gerriaua) ab naimar lo uescomte de
lemogas. En richart[z] en aimar[s] si guerreiauon ab en bertran
eill fondian la soa terra e la il ardian. Bertrans si auia faich
iurar lo uescomte de lemoziu el comte de peiregors que auia
nom talairan al cal richartz auia tota la ciutat de peiregors.

e no il en fazia negun dan. car el era flacs e uils e nuaillos.
En richartz si auia tot gordon an guillem de gordon et auia
promes de iurar ab lo nescomte et ab bertran de born et ab
los autres baros de peiregors e de lemozin e de caercin los
quals en richartz deseretaua. don bertrans los (lls. lo) repres
fort e fetz de totas aquestas razos aquest siruentes que dis:
Un siruentes que mot non faill Ai faich canc nom costet un
aill (MW. I, 278). — f) K. 165, b. l. 180, a. Bertrans de born
si com nos ai dig en la sazon quel auia guerra ab lo comte
richart el fez si quel uescoms de nentedorn el nescoms de
comborn el nescoms de segur so fo lo nescoms de lemogas
el nescoms de torena se iureron ab lo comte de peiregors et
ab los borges (borzes K.) daquellas encontradas et ab lo
seingnor de gordon et ab lo seingnor de monfort. e si se sare-
ron ensems per quil se deffendesson del(IIss. dal, Italianismus)
comte richart quels uolia deseretar. per so car il uolion ben
al rei ioue son fraire ab cui el se guerreiaua. alqual el auia totas
las rendas de las caretas de lasquals caretas lo reis ioues
prendia certa causa si com lo paire lo auia donat e nol laissaua
neus albergar segur en tota la soa terra. E per aquest sagra-
men que tuich aquist auian fait de guerreiar en richart ber-
trans de born si fetz aquest siruentes: Puois uentadorns e
comborns, etc. Per assegurar totas las gens daquella encon-
trada per lo sagrament que aquill auian faich contran richart
e reprenden lo rei ioue car el en guerra non era plus prosperos.
remembran a lui com en richart[z] lauia totas las rendas de las
caretas. e com il auia fait leuar un chastel el miei loc de la
terra quel paire lauia dada. e lauzan lo seignor de puoiguillem
e de claranssa e de gragnol e de saint astier (estier I.) queran
quatre gran baron de peiregors e lauzan si mezeis e torena
et engolmesa. e dis que sil nescoms de born e de gauardon
(I. guardon. Rayn. gauaudan) so era en gastos bearn quera
caps de tota gascoingna en niuians de lomaigna en bernardos
darmaingnac el nescoms de tartas uenion sai ad el que uolion
mal an richart asatz auia el que far. e sil seingner de malleon
so era en raols de malleon lo paire den sauaric el seingner de
taunai el nescoms de siorai el seingner de taillabore el nes-
coms de coratz (Rayn. toratz) que tuit aquist laindarauon
(sic) si lor fossen de pres per lo gran tort quen richart lor
fazia. e tuit aquist eron gran baron de peitieu. E de totas
aquestas razons si fetz en bertrans aquest siruentes que co-
menssa: Puois uentadorns e comborns ab segur (MW. I, 279).
— g) K. 167, a. I. 181, b. En la sazon quel reis ioues ac
faita la patz ab son fraire richart e il ac fenida la demanda
que il fazia de la terra si com fo la uoluntat del rei enric lor
paire. el paire li dana certa liurazon de deniers per nianda e
per so que besoings (besoigs K. besoigna Rayn.) lera. e negu-
na terra non tenia ni possezia ni negus hom a lui non nenia

per mantenemen ni per socors de guerrra. en bertrans de
born e tuit li autre baron que lauian mantengut contran richart
foron molt dolen. El reis ioues si sen anet en lombardia tor-
neiar e solasar. e laisset totz aquestz baros en la guerra ab
en richart. En richartz asetga (asega I. & Rayn.) borcs e
chastels e pres terras e derroca et ars et abrasa. El reis ioues
si soiornaua torniaua e dormia e solazaua. don en bertrans
si fetz aquest siruentes que comensa: Dun siruentes nom cal
far longor (loingnor K.) ganda (MW. I, 280). — h) Lo plainz
quen bertrans de born fetz del rei ione non porta autra razon
sinon quel reis ioues era lo meiller del mon. En bertrans li
uolia meills qua home del mon e lo reis ioues ad el meills qua
home del mon e plus lo crezia que home del mon. per que lo
reis enrics sos paire el coms richartz sos fraire uolian mal an
bertran. e per la ualor quel reis ioues auia e per lo gran dol
que fon a tota gen el fetz lo plaing de lui que dis: Mon chan
fenis ab dol et ab mal traire (MW. I, 284). — i) K. 163, a. I.
178, a. Al temps quen richartz era coms de peiteus anz quel
fos reis bertrans (bertrams K.) de born si era sos enemics per
so quen bertrans uolia ben al rei ione que guerreiaua adoncs
ab en richart quera sos fraire. En bertrans si auia fait iurar
(Hss. uirar) contran richart lo bon uescomte de lemogas que
auia nom naemars el uescomte de uentedorn el uescomte de
gumel el comte de peiragors e son fraire el comte dengoleime
e sos dos fraires el comte raimon de tolosa el comte de flandres
el comte de barsolona en centoill destarac un comte de gas-
coingna en gaston de bearn comte de bigora el comte de digon.
E tuich aquistz (aquist K.) si labandoneron e feiron patz ses
lui e sis periureron uas lui. En aemars lo uescoms de lemogas
que plus lera tengutz damor e de sagramen si labandonet e
fetz patz (pas I.) ses lui. En richartz cant saup que tuich aquist
lauion abandonat el sen uenc denant autafort ab la soa ost e
dis e iuret que iamais no sen partiria sil no ill daua autafort
e no uenia a son comandamen. Bertrans quant auzi so quen
richartz auia iurat e sabia quel era abandonatz de totz aquestz
que uos auetz ausit sil det lo chastel e si uenc a son coman-
damen. El coms richartz lo receup (recep I.) perdonan (Hs.
perdona) li e baissan lo. e sapchatz que per una cobla quel
fetz el siruentes loquals comensa: 'Sil coms mes auinens e non
auars' lo coms richartz li perdonet son bran talan e rendet li son
chastel autafort e uenc sos (Hss. e uengren) fin amic coral. e
uai sen en bertrans e commensa a guerreiar naemar lo uescom-
te que lauia desamparat el comte de peiregors. don bertrans
receup de grans dans et el a lor fetz de grans mals. En richartz
quant fon deuengutz reis passet outra (oultra K.) mar en
bertrans remas guerreian. don bertrans fetz daquestas doas
razos aquest siruentes: Ges ieu nom desconort (MW. I, 286).—
k) K. 169, b. I. 184, a. Si com nos auetz maintas uetz auzit

(Hss. auzitz) en bertrans de born e sos fraire en costantis agren
totz temps guerra ensems et agren gran maluolensa lus a
lautre per so que chascuns uolia esser seingner dautafort lo
lor comunal castel per razo. Et auenc se que com so fos [Hs.
fos se] causa a quen bertrans agues presa e tolguda antafort
e casset costanti e sos fills de la terra. En constantis sen
anet an aemar lo uesccmte de lemogas et an amblart comte
de peiregors et an taillaran seingnor de montaingnac querre
lor merce quil lo deguesson aiudar contra son fraire en bertran
qui malamen tenia antafort quera miez (Rayn. miciz) sieus e
nol len uolia dar neguna part anz lania malamen dezeretat.
et ill lainderon e [lo] conseilleron contra en bertran e feiron lonc
temps gran guerra ab lui. et a la fin tolgren li autafort. En
bertrans sen escampet ab la soa gen e comenset a guerreiar
autafort ab totz sos amics e parens. Et auenc si quen bertrans
cerquet concordi e patz ab son fraire e fon faicha grans patz
e uengron amic. mas quant en bertrans fon ab tota la soa gen
dinz lo castel dautafort sil fetz faillimen. e no il tenc sagramen
ni conuen e tolc lo chastel a gran fellonia a son fraire. e so
fon un dia de dilums en loqual era tals ora e tals poingz que
segon la razon dels agurs ni del poings e destrolomia non era
bon comensar negun gran faich. En constantis sen anet al
rei enric denglaterra et an richart lo comte de peitieus querre
mantenemen contran bertran. El reis enrics per so quel uolia
mal an bertran per so quel era amics e conseillaire del rei ioue
son fill loquals auia auda (= aguda od. aunda) guerra ab el e
crezia quen bertrans nagues tota la colpa. sil pres ad aiudar
el coms richartz sos fillz. e feiron gran ost et assetgeiron
antafort et a la fin preiseron lo castel en bertran e can fon
menatz al panaillon denan lo rei ac gran paor. mas per las
paraulas lasquals el membret al rei enric del rei ioue son fill
lo reis li rendet antafort e perdonet li el coms richartz totz
sos mals talans. si com uos auetz auzit en lestoria que es es-
crita denan sobre lo siruentes que dis: Puois lo gens terminis
floritz. Mas quan lo reis enrics li rendia autafort dis solazan
nes de bertran: sia toa. ben la des tu auer per razon. tau gran
fellonia fezis tu de ton fraire. Et en bertrans sengenoillet
denant lui e dis : seingner gran merces bem platz aital iutga-
menz. En bertrans intret el castel el reis enrics el coms
richartz sen torneron en lor terra ab lor gen. Quant li autre
baron quaiudauon constantin auziron so e uiron quen bertrans
auia ancaras lo castel foron molt dolen et irat e conseilleron
constantin quel se reclames den bertran denan lo rei enric
quel mantenria ben en razon. Et el si fetz. mas bertrans
mostret al rei lo iutgamen quel auia fait. car el sauia ben fait
escrire. el reis sen ris eis sollasset. En bertrans sen anet ad
autafort e constantis non ac autra razo. mas li baron que
adiudauon constanti feiren ab lui lonc temps grant guerra

au bertran et el ad els. e tant com uisquet no il uolc rendre lo castel ni far patz ab son fraire ni treua. e can fon mortz acorderon se li fill den bertran ab en constanti lor oncle et ab sos fillz lor cosins. e per aquestas razos fetz en bertrans aquest siruentes que dis: Ges de far siruentes nom tartz (MW. I, 289). — l) K. 167, a. I. 182, b. Bertrans de born si era anatz uezer una seror (serror I.) del rei richart que fon maire de lemperador oth laquals auia nom ma domna cleina que fo moiller del duc de sansoingna (samsoingna K.). bella dompna era e molt cortesa et enscingnada e fazia gran honor en son acuillimen et en son gen parlar. En richartz quera adoncs coms de peiticus sil aissis lonc temps sa seror (Rayn. si s'aissis l'onor sa serror?) e sil comandet que ill disses e ill fezes plazer e grant honor. et ella per la gran uoluntat quella auia de pretz e donor e per quella sabia quen bertrans era tan fort presatz hom e ualens e quel la podia fort enansar sill fetz tant donor quel sen tenc fort per pagatz et enamoret se fort de leis si quel la comenset lauzar e grazir. En aquella sazon quel lauia uista el era ab lo comte richart en un ost el temps dinnern. et en aquel ost auia grant desaise. e cant uenc un dia duna domenga era ben meitz dias passatz que non auian maniat ni begut. e la fams lo destreingnia mout et adoncs fetz aquest siruentes que dis: Ges de disnar non fora oimais matis (MW. I, 292). — m) K. 166, a. I. 180, b. Lo reis enrics denglaterra si tenia assis en bertran de born dedins antafort el combatia ab sos edeficis. que molt li uolia gran mal car el crezia que tota la guerra quel reis ioues sos fillz lauia faicha quen bertrans la il agues faita far. e per so era uengutz denant antafort per lui desiritar. El reis daragon uenc en lost del rei enric denant antafort. E cant bertrans o saub si fo molt alegres quel reis daragon era en lost per so quel era sos amics especials. El reis darragon si mandet sos messatges dinz lo castel quen bertrans li maudes pan e uin e carn. et el si len mandet assatz. e per lo messatge per cui el mandet los presenz el li mandet pregan quel fezes si quel fezes mudar los edificis e far traire en autra part quel murs on il ferion era tot (totz K.) rotz. Et el per gran auer del rei enric [el Hss.] li dis tot so quen bertrans lauia mandat a dir. El reis enrics si fetz metre dels (del Hss.) edificis plus en aquella part on saup quel murs era rotz. e fon lo murs ades per terra el castels pres. En bertrans ab tota sa gen fon menatz al pabaillon del rei enric. el reis lo receup molt mal. el reis enrics sil dis: bertrans bertrans uos auetz dig que anc la meitatz del uostre sen nous ac mestier (Rayn. no uos besognet gegen die Hss.) nulls temps. mas sapchatz quara uos a el ben mestier (Rayn. besogna ben gegen die Hss.) totz. Seingner dis en bertrans el es ben uers queu o dissi e dissi [Rayn. noch me gegen die Hss.] ben uertat. El reis dis: Eu cre ben quel uos sia aras faillitz. Seingner dis en bertrans ben mes faillitz. E com dis lo reis? Seingner dis en bertrans lo iorn quel ualens ioues reis nostre fillz mori eu perdi lo sen el saber e la conoissensa. El reis quant auzi so quen bertrans li dis en ploran del fill nenc li granz dolors al cor de pietat et als oills si que nois poc tener quel non pasmes de dolor. E quant el renenc de pasmazon el crida e dis en ploran: En bertran en bertran uos auetz ben drech et es ben razos si nos auetz perdut lo sen per mon fill. quel uos uolia meils que ad home del mon. et eu per amor de lui uos quit la persona e lauer el nostre castel e uos ren la mia amor e la mia gracia e uos don cinc cenz mares dargen per los dans que uos auetz receubutz. En bertran[s] sil cazec als pes referrent li gracias e merces. El reis ab tota la soa ost sen anet. En bertrans cant saup quel reis daragon lauia faita si laida felonia fon molt iratz ab lo rei naufos. E si sabia com el era uengutz al rei enric esser soudadiers logaditz e sabia com lo reis daragon era uengutz de paubra generacion de carlades dun castel que a nom carlat ques en rosergue en la seingnoria del comte de rodes. en peire carlat quera seingner del castel per ualor e per proessa si pres per moiller la comtessa de millau quera caseguda en eretat e si nac un fill que fon ualens e pros e conquis lo comtat de proensa et us sos fils si conquis lo comtat de barsalona et ac nom raimon berengier loquals conquis lo regisme daragon e fo lo primiers reis que anc fos en aragon et anet penre corona a roma e cant sen tornaua e fon al borc saint dalmas el mori. e remanseron ne trei fil anfos (amfos K.) loquals fo reis daragon aquest que fetz lo mal den bertran de born e lautre don sancho e lautre berrengiers de besaudunes. e saup com el auia traida (llss. taida) la filla de lemperador manuel que lemperaire lauia mandada' per moiller ab grant tresor et ab gran auer et ab molt onrada compaingnia e los raubet de tot lauer quella (= que la) domna eill grec auian. e com los enuiet per mar marritz e consiros e desconseillatz. e com sos fraire sanchos lauia tota (tolta K.) proensa e com ses periuret per lauer quel reis enrics li det contral comte de tolosa. e de totas (toutas K.) aquestas razons fetz en bertrans de born lo siruentes que ditz: Pois lo gens terminis floris Sespandis etc. (MW. I, 293). — n) K. 165, a. I. 180, b. Ben auetz entendut(z) lo[s] mals quen bertrans de born remembret[quel reis daragon auia faitz de lui e dautrui et a cap duna gran sazon quel nac apres dautres mals quel auia faitz si lol uole retraire en un autre siruentes. e fon dig an bertran cun canallier auia en aragon que auia nom nespaingnols et auia un bon castel molt fort que auia nom castellot et era proprietat den espaingnol et era en la forteressa de sarrazins don el fazia gran guerra als sarrazis. el reis si entendia molt en aquel chastel. e nenc un iorn en aquella encontrada per seruir lo e per enuidar lo al sieu castel e menet lo charament lui ab tota soa gen (gent I.). el reis

quant fon dedinz lo chastel lo fetz penre e menar deforas e tolt
li lo castel. E fon uertatz que quant lo reis uenc al seruizi del rei
enric lo coms de tolosa sil descomfis en gascoingna e tolc li
ben cinquanta caualliers. el reis enrics li det tot lauer que ill
cauallier denian pagar per la recnson. et el nol paguet lauer
als caualliers. anz lenportet en aragon. e ill cauallier isseron
de preisson e pagueron lauer. e fon uertatz cus ioglars que
auia nom artuset li prestet .CC. (dos cens) marabotins e menet
lo ben un an ab si e no ill en det denier. e cant uenc un dia
artuset ioglars si se mesclet ab un iuzieu e ill iuzeu li nengron
sobre e nafreron malamen lui et un son compaingnon. et ar-
tuset et us sos compaings aucisseron (accusseron I.) un iuzieu
don li iuzieu aneron [a reclam Rayn.] al rei e pregueron lo quel
fezes uendeta e que or des artus el compaingnon per aucire e
quill li darian .CC. marabotis. el reis los lor donet amdos e pres
los .CC. marabotis e ill iuzen los (Hss. les) feiron ardre lo iorn
de la natiuitat de crist si com dis guillems de berguedan en un
sieu siruentes dizen en el mal del rei: E fetz una mespreison
Don om nol deu razonar Quel iorn de la naision Fetz dos (Hss.
dons) crestias brusar Artus ab autre son par. E non degra
aici iutgar A mort ni a passion Dos per un iuzieu fellon. Donc
(Hss. don) us autre que auia nom peire ioglar li prestet de-
niers e cauals (Hss. cauaus) et aquel peire ioglars si auia grans
mals ditz (Rayn. dig?) de la ueilla reina denglaterra laquals
tenia fontebrau que es una abadia on se rendon totas las ueil-
las ricas. et ella lo fetz ausire per paraula del rei daragon. E
totz aquestz laich (laitz K.) faich remembret en bertrans de
born al rei daragon en aquest siruentes que dis: Quant uei
per uergiers desplear Los cendaus grocs indis etc. (MW. 1,
294). — o) K. 164, a. 1. 178,b. En lo temps et en la sazon que
lo reis richartz dengleterra guerreiaua ab lo rei felip de fransa
sil foron (Hss. feiron) amdui en camp ab tota lor gen. lo reis
de fransa si auia ab se franses e bergoingnos e campanes e
flamencs e cels de berrion. el reis richartz auia ab se engles
e normanz e bretos e peitaus e cels danieu e de torrena e del
(Hs. dal) maine e de saintonge e de lemozin. et era sobre la
riba dun flum que a nom gaura loquals passa al pe de niort.
el una ostz si era duna riba e lautra ost era de (Hss. da) lautra.
et en aissi esteron .XV. (quinze) iorn (iorns K.) e chascun iorn
sarmauan et apparcillauan de uenir a la batailla ensems. mas
arciuesque et euesque et abat et home dorde que cercauan
(cercauant K.) patz eran en miech que defendian que la ba-
tailla non era. et un dia foron armat tuit aquill queran ab lo
rei richart et esqueirat de uenir a la batailla e de passar la
gaura. e li frances sarmerent et esqueirerent. e li bon home
de religion foron ab las crotz en bratz pregant richart el rei
felip que la batailla non degues esser. el reis de franza dizia
que la bataila non remanria sil reis richartz no ill fazia fezen-

tat de tot so que auia de sai (Hss. sa) mar del ducat de nor-
mandia e del ducat de quitania e del comtat de peitieus e que
il rendes guiortz loqual lo reis richartz lauia tot. et en richartz
quant auzi aquesta paraula quel reis felips demandaua per
la grant baudesa quel auia car li campanes a lui [auian] pro-
mes que no ill serion a lencontra per la grant cantitat dels
esterlins que auia semenatz entre lor si moutet en destrer
e mes lelm en la testa e fai sonar las trombas e fai desserrar
(Hss. dessar) los sieus confanos encontra laiga per passar ou-
tra et aordena las esqueiras dels baros e de la soa gen per
passar outra a la bataillа. el reis felips cant lo ui uenir montet
en destrer e mes lelme en testa e tota la soa gens monteron
en destriers (destrers K.) e preseron lor armas per uenir a la
bataillа trait li campanes que no meteron elmes en testa. el
reis felips quant ui uenir en richart e la soa gen ab tant grant
uigor e ui que ill campanes no uenion a la bataillа el fon aui-
litz et espauentatz e comensa [a] far apareillar los arciuesques
els euesques et homes de religion totz aquels que lauion pre-
gat de la patz far e del concordi. e preguet lor quil anossou
(Hss. aueson) pregar en richart de la patz far e del concordi
e si lor promes de far e de dir e de recebre aquella patz et a-
quel concordi del deman de gisort e del uassalatge que ill fa-
zia en richartz. e li saint home uengron ab las crotz en bratz
encontra lo rei richart ploran quel agues pietat (piatat K.) de
tanta bona gen com auian el camp que tuit eron a morir e ques
uolgues la patz quill [li] farian laissar guisort el rei partir de
sobre la soa terra. e li baron quant auziron la grant honor
quel reis felips li presentaua foron tuich al rei richart con-
seilleron lo quel preses lo concordi e la patz. et el per los precs
dels bos homes de religion e per lo conseill dels seus baros
si fetz la patz el concordi si quel reis felips li laisset guiort
quitamen el uassalatges remas en penden si com el estaua.
e partit se del camp. el reis richartz remas e foron iurat am-
bedui la patz (Rayn. e fon iurada la patz damdos los reis ge-
gen die Hss.) a detz anz. e desfeiron lor ostz e deron comiat als
soudadiers. e uengron escars et auar(s) ambedui li rei e cobe.
e no uolgron far ost ni despendre si non en falcos et en austors
et en cans (chans I.) et en lebriers et en comprar terras e posses-
sions et en far tort a lor baros. don tuit li baron del rei de fransa
foron trist e dolen e li baron del rei richart car auian la patz
faicha. per que chascuns (Hss. chaschuns) dels dos reis era
uengutz escars e uilans (uillans K.). en bertrans de born si
fo plus iratz que negus dels autres baros per so car no se del-
lectaua mais en guerra de si e dautrui e mais en la guerra dels
dos reis. per so que quant il auian li dui (doi K.) rei guerra
ensems eill (el K.) auia den richart tot so quel uolia dauer e
donor et era temsutz damdos los reis per lo dire de la lenga.
don el per uoluntat quel ac que il rei torneson a la guerra e

per la uoluntat quel ui als autres baros si fetz aquest siruentes loquals comensa: Pois li baron son irat e lor pesa (MW. I, 297). — p) K. 164. b. I. 179, a. Quant en bertrans ac faich lo siruentes que ditz: puois als baros enoia e lor pesa. et ac dich al rei felip com perdia de cinc ducatz los tres e de guiortz la renda el perchatz. e com caercins remania en guerra et en barata e la terra dangolerma. e com frances e bergoingnon auian cambiat honor per cobeza (sic). e com lo reis felips auia anat plaideian sobre la riba de laiga. e com el non auia uolguda la patz cant fon desarmatz. et si tost com el fon armatz perdet per uintat lardimen e la forza. e que mal semblaua del cor en ric loncle de raols del cambrais que desarmatz uolc que la patz si fezes de raols son nebot ab los quatre fils nalbert e de pois que fon armatz non uolc patz ni concordi. e com totz reis era aunitz e desonratz pois comensaua [la guerra] ad autre rei per terra quaquel reis li tolgues cant el fazia patz ni treua tro la demanda que il fazia agues conquista e recobrat so que fos dreitz e rasos don li autre rei lo tenion (Hss. tenon) desiritat e per far nergoingna als campanes dels esterlins que foron semenat entre lor per so que ill uolgueson tornar a la guerra. tuit li baron de peitieus e de lemozin eu foron molt alegre que molt erent trist(z) de la patz per so que meins neron onrat e car tengut per amdos los reis. Lo reis richartz si carguet (Rayn. creisset?) molt dorgoill daquesta patz e comenset far tortz e desmesuras en las terras del rei de fransa que marcauon ab las terras den richart. el reis felips uenia a reclam ad aicels que auian faita la patz entre lor dos. En richartz no uolia per lor tort (tortz I.) ni dreg far don fon ordenatz per lor uns parlamens on foron ensems en la marcha de torena e de beiriu. el reis felips si fetz mains reclams den richart don amdui uengron a grans paraulas et a (as I.) malas si quen richart[z] lo desmenti el clamet uil recrezen. e sis desfieron e sis partiron mal. E cant bertrans de born auzi que il eront mal partit si fo molt alegres. et aisso fon el temps al comensament destiu. don bertrans fetz aquest siruentes que uos aras auziretz: Al douz (dontz K.) termini blanc del pascor nez la estat (MW. I, 298). et en aquel siruentes el poins (pois I.) fort lo rei felip quel degues comensar la guerra ab lo rei richart a fuoc et a sanc. e dis quell reis felips uolia mais patz cuns morgues. en richartz ab cui el sapellaua oc e non mais guerra que negus dels algais querou quatre fraire gran raubador (Hss. raubaudor) (Rayn. noch e prezador? gegen die Hss.) e raubauen e menauen ben ab lor mil raubadors a caual e ben doa milia a pe e no uinion dautra renda ni dautre perchatz. — q) K. 163, b. I. 178, a. Ancmais per re (ren I.) quen bertrans disses en collas ni en siruentes al rei felip ni per recordamen de tort ni daunimen queill fos [ditz ni Rayn.] faitz no uolc guerreiar lo rei richart. mas en richartz si sailli a la

guerra quant el uit la freuoleza del rei felip e raubet e prenet
et ars castels e borcs e uillas et aucis homes e pres. don tuich
li baron a cui desplasia la patz foron molt alegre, en bertrans
plus que tuich per so que plus uolia guerra que autrom. ecar
crezia que per lo seu dire lo reis richartz agues comensada
la guerra ab loqual el sapellaua oc et non. si com auziretz el
siruentes quel fetz sitost com el auzi quen richartz era saillitz
a la guerra et el fetz aquest siruentes qui comensa: Non pu-
osc mudar un chantar non esparga (MW. I, 300). — r) Hss.
KI. Quant lo reis richartz seu fon passatz outra mar tuit li
baron de lemozin e de peiregors se iureron ensems e feiron
gran ost et anerent als castels et als borcs quen richartz lor
ania toutz. et enaissi combateron e preseron totz aquels queis
deffendion. et enaissi cobreron gran re daquel quen richart[z]
lor ania tout. e qant en richart[z] fon uengutz doutra mar et
issitz de preison molt fo iratz e dolens dels chastels e dels
borcs que ill baron lauian totz. e comenset los a menassar
fortmen de (Hss. e) deseretar los e de destruire los. el uescoms
de lemogas el coms de peiregors per lo mantenemen quel reis
de fransa lor auia fait e fazia sil tengron las soas menassas a
nien. e il manderon dizen quel era uengutz trop braus e trop
orgoillos e que ill mal son grat lo farian franc e cortes et hu-
mil e quill lo castiarian guerreian. don bertrans de born si
com cel que non auia autra alegressa mas de mesclar los ba-
rons de guerra cant anzi quel reis menassaua aquels baros
que nol prezauan re e metion per nien lo sieu dig e que ill
lauion mandat dizen que ill lo chastiarion el farion mal son
grat tornar franc e cortes en bertrans sin fo molt alegres. e
sabia queil reis en era fort dolens et iratz daisso que ill dizion
et del castel de montron e dazgen que ill auian tout. el fez
un son siruentes per far saillir lo rei richart a la guerra. e
cant el ac fait son siruentes el lo mandet an raimon iauzeran
quera del comtat dulgel seingner de pinous ualens hom e larcs
e cortes e gentils. e non era nuls hom en cataloingna que nal-
gues lui per la persona. et entendia se en la marquesa quera
filla del comte durgel e moiller den girout de cabrieras quera
lo plus rics hom el plus gentils de cataloingna trait lo comte
durgel son seingnor. e comensa en aissi lo siruentes: Quant
la nouella flors par el uergan (MW. I, 303). — s) Hss. IK. MW.
I, 312. Quant richart[z] aic (sic st. ac) faita la patz con ber-
tram de born e ill ac rendut son castelh dautafort el [se] cro-
zet (lo reis richart) e passet oltra mar. e bertran[s] remas
guerreian con naimar lo uescomte de lemoges e con lo comte
de peirregors e con totz los autres baros deuiron. e si com
auetz entendut quan richart[z] sen tornaua el fo pres en alle-
maigna e si estet en preson dos ans e si se rezemet per auer.
E quan bertran[s] de born saup quel reis deuia issir de preison
molt fo alegrez per lo gran ben quel sabia quel auria del rei

e per lo dan que seria a sos enemics. e sapchatz quen bertran[s] auia escrit en son cor totz los mals danz que aquist guerreiador auian faitz en lemozin et en las terras del rei richart et en fes sos siruentes: Bem platz quar treua ni fis (MW. I,313).

XXVII. Hs. B. Folquetz de marseilla si fon de marseilla. fills dun mercadier que fo de genoa que ac nom ser amfos. e qan lo paire moric sil laisset mout dauer. et el entendet en pretz et en honor. e fo mout grazitz et honratz per lo rei richart e per lo bon comte raimon de tolosa et per en barral de marseilla lo sieu seignor. mout trobaua e chantaua ben. e mout fo auinens hom de la persona. et entendia se en la moiller den barral lo sieu seignor. e pregaua la en fazia sas chanssons. mas anc per precs ni per chanssons noi poc trobar merce per cue elleil fezes nuill don en dreich damor. per que el se plaing totztemps damor en sas chanssons. Et auenc si que la dompna moric en barrals lo maritz della (Hs. dellac) moric atressi que tant lauia faich donor e daplazer. el reis richartz. el (Hs. e) bos coms raimons. el bons reis namfos. don el per tristessa de la dompna e dels princes quieu nos ai diz abandonet lo mon e rendet se a lorden de cistel ab tota soa moiller et ab dos sos fills que el auia. e pois fo faitz abas duna rica abadia que es en proenssa que a nom lo terondet. e portet se lai tant ben que pois fon (H. fan) faitz euesques de tolosa e lai definet e moric.

XXVIII Hs. IR. Folquetz de marselha fo filhs dun mercadier de genoa que ac nom sier amfos. e can lo paire moric sil laisset molt ric dauer. et el entendet en pretz et en ualor e mes se a seruir als ualens homes et a briguar (treuar R.) ab lor et anar e uenir. e fon fort grazitz per lo rey richart e per lo bon comte raimon de toloza e per en barral lo sieu senhor de marselha. e trobet molt be. e molt fo auinens de la persona. et entendia se en la molher del sieu senhor en barral. e pregaua la damor. e dela fazia sas cansos. mas anc per pretz ni per chansos noi poc trobar merce quela li fezes nuill be en dreg damor (e anc per re quel fezes non li uolc far plazer damor R.) per que tos temps se planh damor (se plays R.) en sas chansos. — Quan lo bos reis anfos de castela fo estatz descofitz per lo rey de marroc lo qual era apelatz miramamoli e li ac touta calatraua e saluaterra el castel de toninas si fon grans dolors (dols R.) e grans tristeza per tota espanha e per totas las bonas gens que o auziro. per so que (car R.) la crestiantatz era estada desonrada (era tan descofida R.). e per lo gran dan quel bos reis era estatz descofitz et auia perdudas de las soas terras. e souen intrauan las gens del miramamoli el regisme del rei nanfos et i fazian gran dan. lo bos reis anfos mandet sos messatges al papa quel degues far socorre als baros de fransa e denglaterra et al rei darago et al comte de toloza. En folquetz de marselha era molt amicx del rei de castela e no sera encaras

rendutz en lorde de cistel ; si fes una prezicansa per confortar
los baros e la bona gen que deguesson socorre al bon rei de
castela. mostran la honor que lur seria lo secors que farian
al rei. el perdon que ill naurian de dieu. e comensa aysi : Huei-
mais no i conosc razo (MW. I, 326). — Folquetz de marselha
si com auetz auzit amaua la molher de son senhor en barral
ma dona na alazais de roca martina. e cantaua dela e dela
fazia sas cansos. e gardaua se fort com non o saubes per so
quela era molher de son senhor. car li fora tengut a gran
felonia. e sa dona li sufria sos precs e sas cansos per la gran
lauzor quel fazia dela. En barral si auia doas serors de gran
ualor e de gran beutat. luna auia nom na laura de san iorlan.
lautra auia nom na mabilia de ponteues. abdoas estauon ab
en barral. en folquetz auia tant damistat ab cascuna que sem-
blans era quel entendes en cascuna per amor. e ma domna
na lazais crezia quel sentendes en madona laura e quel uolgues
be. e si lacuzet ela el fetz acuzar a motz homes si quela li det
comiat que no uolia plus sos precs ni sos ditz. e que se partis
de na laura. e que de leis non esperes mais be ni amor. folquetz
fo molt tritz e dolens quan sa dona lac dat (donat R.) comiat
e layset solas e chan e rire. et estet longa (gran R.) sazo en
marrimen planhen se de la desauentura que lera uenguda. car
perdia sa dona quel amaua mays que re del mon per licis a
cui el no uolia be sino per cortezia. e sobre aquel marrimen
el anet uezer lemperairitz molher den guillem de monpeslier
que fo filha a lemperador manuel que fo caps e guitz de tota
ualor e de tota cortezia e de totz ensenhamens. e reclamet
(clamet R.) se ad ela de la desauentura que lera auenguda. et
ela lo cofortet tan quan poc el preguec que nos degues marrir
ni desesperar (que nos marris ni desesperes R.) e que per la
sua amor degues chantar e far chansos (chantes e fezes chansos
R.). don el per los precx de lemperairitz si fetz aquesta chanso
que ditz: Tan mou de corteza razo (MW. I, 320). Et auenc si
que ma dona na lazais muric et en barral[s] lo maritz dela e
senher de luy muri. e muri lo bon[s] rey[s] richart[z] el bon[s]
coms raimon[s] de tolosa el rey[s] nanfos darago. don el per
tristeza de la soa dona e dels princes queron mortz abandonec
lo mon. e rendec se en lorde de sistel ab sa molher et ab dos
fils que auia. e fon fatz abas d una rica abadia que s en proensa
que a nom lo torondet. e pueis fon fatz auesques de toloza e
lai definet.

XXIX. Hs. B. Pons de capduoill si fo del euescat don fon
guillems de sain leidier. rics hom fo mout e gentils bar. e
sabia ben trobar e niular e cantar. e fo bons caualliers darmas
e gen parlans e gen dompneians e grans e bels e ben enseignatz
e fort escars dauer. mas si sen cobria ab gen acoillir et ab far
honor (H. ab honar) de sa persona: et amet per amor ma dompna
na lazaiz de mercuer moiller den ozill de mercuer. que fo

filla den bernart dandusa dun honrat baron quera de la marca
de proenssa. mout lamaua e [la] lauzaua e fetz maintas bonas
cansons della. e tant qant ella uisquet non amet autra dompna.
e qand ella fo morta el se crozet e passet outra (H. houtra)
mar e lai morio.

XXX. Hss. EIR. Pos de capduelh fo un gentils bars del
auescat del puei santa maria. e trobaua. e uiulaua e cantaua
be. e fon bos caualiers darmas e gen parlans e gen domneians
e grans e bels e ben ensenhatz. e fort escas dauer. mas si sen
cubria ab gent aculhir et ab far honor de sa persona. et amet
per amor ma dona alazais de mercuer molher den ozil[s] de
mercuer un gran comte daluernhe e filla den bernart dandusa
dun hourat baron quera de la marca de proensa. mout lamaua
e la lauzaua e fes de lieis mantas bonas cansos. e tant quan
ela uisquet non amet autra. e quant ela fon morta el se croset
e passet outra mar e lai moric. — Pos de capduelh amet aques-
ta dona si com auetz auzit e fon amatz per ela. e molt fo lur
amor grazida per totas las bonas gens (per tota la bona gen).
e maintas bonas cortz e maintas belas iostas e maint bel so-
latz en foron fait e maintas belas cansos. et estan en aquel
gaug et en aquel alegrier ab ela ac uoluntat aisi com fols
amicx que no sap ni pot sufrir gran benanansa de proar si ela
li uolia be. quel no crezia a sos huelhs ni als plazers plazens
ni a las honradas honors quela li fazia nil dizia. e si acordaua
en son fol cor quel fes (fezes) semblan que sentendes en ma
dona audiart(z) molher del senhor de marselha. e fes aquest
pensamen que si a sa dona pezaua sil se lonhaua dela adoncs
porria saber quela li uolia (uoldria R.) be. e si a leis plazia
era ben conortz que res no lamaua. et el com fols que nos
recre tro qua pres lo dan comensec se a lunhar de ma dona
nalazais et a traire se a ma dona naudiart(z) et a dire ben dela.
e dis dela: No uelh auer lemperi dalamanha. si naudiart(z) no
uezian miei uelh. e non dic trop sim uest gai nim despuelh.
Ma dona nalazais quan ui que pons de capduelh quela auia
tant amat et onrat sera lunhatz dela e sera tragz a ma dona
naudiartz ela nac fort gran desdenh. si que arc iorn no fon
persona a cui ela parles ni demandes de lui. e qui lin parles
no respondia. ab gran cort et ab gran domnei ela uiuia. Pons
de capduelh anet domneian per proensa longa sazo e fugen
las honors de ma dona nalazais. e quant el ui e saup quela
no sen mostraua irada nil mandaua mesatge ni letras et el
penset que mal auia fag. e comenset a tornar en la sua encon-
trada e parti se de la fola proazo quel auia faita. et el comensa
esser tristz e dolens. e mandet letras e coplas humils ab
grans precx az ela que degues sufrir que li uengues denan
razonar la soa razo e pregar e clamar merce. e quela degues
penre ueniansa de lui si el auia faita ofensio uas ela. mas no
ill nolc escoutar merce ni razo. don el fes aquesta canso que

dita: Aissi com cel qua pro de ualedors (MW. I, 343). Et aquesta canso no li uale ren e si en fes un autra que ditz: Qui per nesci cuidar Fai trop gran fallimen (MW. I, 342). Ni aquesta nol uale ren eisamen que ma dona alazais lo uolgues tornar en grassia (cobrar R.) nil uolgues creire quel se fos (que per assag se fos R.) lunhatz dela per proar si cla en seria alegra o no si el se partis dela (per — dela fehlt R.). don el anet a ma dona maria de uentadorn et a ma dona la comtessa de monferran et a la uescomtessa dalbusso. e si las amenet a mercuer a ma dona nalazais clamar merce quela li rendet grassia per los precs de las donas. e ma dona nalazais per los precs de las donas li rendet sa gracia. e pos de capduelh fon plus alegres que (fon lo plus alegres R.) homs del mon e dis que iamais non se fenheria plus per proar sa dona (que mais no faria esproansa R.).

XXXI. Hs. B. Raembautz de uaqeiras si fo fills dun paubre cauallier de proenssa. del castel de uaqeiras que auia nom peirols. et era tengutz per fol. en Raembautz sis fetz ioglar(s). et estet lonc temps ab lo prince daurenga. et el li fetz gran ben e gran honor. el enaussct el fetz conoisser e prezar a las bonas gens. e uenc sen a monferrat a meser lo marques bonifaci. et estet en sa cort lonc temps. et crec se de sen e dar nes e de trobar. et enamoret se de la seror del marques que auia nom madompna biatritz que fo moiller den haenric del carret. e trobet de lieis maintas bonas chanssons. et appellaua la en sas chanssons mos bels cauallicrs. e fo crezut qella li uolgues gran ben per amor. e qand lo marques passet en romania et el lo menet ab si e fetz lo cauallier. e donet li gran terra e gran renda el regesme de salonich. e lai moric.

XXXII. Hs. EIKR. Raymbaut de uaqueiras si fo filhs dun paubre cauayer de proensa del castel de uaqueiras que auia nom peirors quera tengutz per mat. e raimbaut se fes ioglar(s) et estet longamen (longa saison) ab (cum) lo princeps daurenca guillem del baus. ben sabia cantar e far coplas e sir uentes. el princeps daurenca sil fes gran be e gran honor e lenanset el fe conoisser e prezar a la bona gen. e pueis se parti de lui e anet se a monferrat a messier lo marques bonifaci et estec en sa cort lonc temps. e crec (crec si) de sen e de saber e darmas. et enamoret se de la seror del marques que auia nom ma dona biatris que fo molher den enric del carret. e trobet (trobaua) de lieis mantas bonas causos. et apelaua la bels cauayers en sas cansos. e fon crezut quela li uolgues ben per amor. — Ben aues entendut qui fo raymbaut de ua queiras ni com uenc en honor ni per qui. mas si nos ucill dire que quant lo marques lac fac cauayer raimbant senamoree de ma domna beatrix sa seror e seror de ma domna azalais (alazays) de salutz. mot lamet e la desiret gardan que no fos sauput. e mot la mes en pretz e mains amics li gazanhet e

maintas amigas. et elal fazia gran onor daculhir. et el moria
de dezir e de temensa. quar non lauzaua pregar damor ni far
semblan quel entendes en ella. mas com hom destreg damor
sil dis quel amaua una domna de gran ualor et auia gran
preuadeza ab ela e non li auzaua dir lo ben quel uolia ni
mostrar ni pregar damor. tan temia sa gran ualor. e preguet
la per dieu que li des conselh sil diria son cor ni sa uoluntat
o si morria celan et aman. aquela gentil domna ma domna
biatris quant aiso auzi e conoc la bona uoluntat den raimbaut
e denan era ben apercenbuda quel moria languen deziran per
ela si la toquet piatat[z] et amor[s] e dis : raimbant be coue
que totz fis amics si ama una gentil domna que aia temensa
a mostrar samor. mas ans quel mucira sil don cossellh que lol
diga e que la prec quel prenga per seruidor e per amic. et
assegur uos be que si ella es sauia ni corteza que no so tendra
en mal ni en desonor. ans lon prezara mai e len tenra per
meillor home. et a uos don coselh que a la domna que amas
digatz uostre cor e la uoluntatz que nos li auetz e pregatz la
que uos prenda per son cauayer. que uos etz tals que non a
domna el mon que per eauayer e per seruidor nous degues rete-
ner. que ma don azalais comtessa de saluza sofri peire uidal e
la comtessa de burlatz arnaut de maruelh e ma dona maria
gausselm faidit e la dena de marselha folquet. per quieu uos
do conseil et austorgui que uos per la mia paraula e per la mia
segurtat la pregues e lenqueiras damor. En raimbaut quant
auzi lo cossellh e lasseguramen quel donaua e lautorc quela
li prometia si li dis quela era eisa la dona quel tant amaua e
dela auia pres (quist) cossellh. e ma dona biatris li dis que be
fos el uengut e que sesforses de ben far e de ben dire e de
ualer e quela lo uolia retener per cauayer e per seruidor. don
raimbaut sesforset denansar son pretz tan quan poc. e fes
adoncs aquesta canso que dis : Eram requier sa costum e son
us (MW. I, 365). Et esdeuenc se que la domna se colquet
dormir ab el. el marques que tant lamaua atrobet los dormen
e fon (Hs. & Rayn. & Eocheg. fos ?) iratz e com sauis hom nols
uolc tocar. e pres son mantel e cobri los ne. e pres cel den
ra`nbaut et anet sen. e quant en raimbaut se leuet conoc tot
com era. e pres lo mantel al col et anet al marques dreg cami.
et aginolhet se denan el. e clamet li merce. El marques ui
que sabia (Hs. sauia) com ser auengutz. e membret li los pla-
zers que li auia fatz en mans locs. e car li dis cubertamens per
que no fos entendutz al querre del perdo quel perdonec car
sera tornatz en sa rauba. sellh que o auziron se cuieron que o
disses per lo mantel. car lauia pres. El marques perdonet li
e dis li que mais no tornes a sa rauba. e no fo sauput mas per
abdos. — Apres esdeuenc se quel marques ab son poder pas-
set en romania et ab gran aiuda de la gleiza on conquis lo
regisme de salonic. Et adoncs fo cauayers en raimbaut per

los bos fatz que fes. e lai li donet gran terra e gran renda e lai mori. e per los fatz de sa sor fotz una causo que trames an peire nidal que di: Cant (tant) ai ben dig del marques.

XXXIII. Hs. B. Peirols si fo uns paubres canalliers dalueruge dun castel que a nom peirols qes en la terra (encontrada) del dalfin al pe de rocafort. e fo cortes hom et auinens de la persona. el dalfins daluernge sil uestia el tenia ab se. e il dana canals et armas. el dalfins auia una seror que auia nom saill de claustra bella e bona e mont prezada [auinens et enseignada]. et era moiller den beraut de merener dun gran baron daluernge. en peirols sil amaua per amor. el dalfins sila pregaua per lui e salegraua mont de sas (las) chansons qen peirols fazia de la seror e mout las fazia plazer a la seror. entant que la dompna [li uolia ben e] li fazia plazer damor a saubuda del dalfin. e lamors den peirol e de la dompna mont et tant quel dalfins semielosi della. car el cuidet qella li fezes plus que non conuenia ad ella. e partic peirol de si el loignet. e nol uestic nil armet. don peiroils nois poc mantenir per caualier. et esdeuenc ioglars et anet per cortz e receup dels barons draps e deniers e canals. [e pres moiller a monpeslier e i definet].

XXXIV. Hs. B. Gvillems de saint leidier si fo us rics castellans de ueillac de leuescat del poi sainta maria. e fo honratz hom e bons canalliers darmas. e lares e donaire dauer. e mout enseignatz e cortes. e mout fins amaire. e mout era amatz e grazitz. et entendet en la marquesa de polomiac que era sors del dalfin daluernge e de nasail de claustra. e moiller del uescomte de polomiac. en Guillems de saint leidier si fazia sas chansos della e lamaua per amor. et dizia (Hs. diziha) li bertran. qel dizia atressi bertran an hugo marescalc qera sos compains. et el sabia totz los faitz els ditz den Guilleme de la marquesa. e tuich trei se clamauon bertran luns lautre. mout auiant grand alegranssa tuich trei. mas an guillem de saint leidier tornet en gran tristessa. qeil dui bertran feiron gran fellonia de lui e gran uilania.

XXXV. Hss. EIKR. Guillems de san leidier fo us rics castelas de noaillac de lanescat del puoi santa maria. e fo mot honratz hom e bons canaliers darmas e larex donaire dauer. e molt gent ensenhat e cortes. e molt fis amaire. e molt amatz e grazitz. et entendet se en la marqueza de polonhac quera sor del dalfin daluerne e de nazalais de claustra e moiller del uescomte de polonhac. en guillems si fazia sas cansos della e lamaua per amor. et appellaua se ab ella bertran. et ab nugo marescalc dizia altresi bertran quera sos compaing e sabia tot los faitz den guillem e de la marquesa. e tut trei si clamauen bertran luns lautre. esteron en mot gran alegrier lonc temps los tres bertrans. mas guillems tornet en gran tristessa. car li dui bertran feron gran fellonia de lui e gran

uilania. si com poires auzir. Dig uos aiden guillem qui fo ni
don e de sa dona ni com duret lor amors de la marquesa e de
lui. e molt lauien menada auinenmen senes blasme e senes
folor. car molt tenion cubert so que fazia a tener cubertz et en
crezenza. e molt salegrauon totas las gens de lamor de lor per
so que maint fait auinen sen fazion e sen dizion per la lor amor.
et en aquela sazo si ania una dona mot bela e mot ensenhada
en uianes. so era la comtessa de rossilho. e tug li gran senhor
e baro li portauon mot gran onor. et en guillems mais que tug.
car el la lauzaua mote la uezia uoluntiers. e la amaua e delei-
taua se en parlar de lieis. que totz hom crezia que fos sos ca-
ualliers. e la dona se agradaua mot de lui. Tan sagradaua en
guillems de lieis quel nestaua de uezer la marqueza. don ela
nac gelozia. e crezet cert que fos sos drutz. e tota la gent o
crezia. mas non era. tan que la marqueza mandet per nuc
marescalc. es clamet a lui den guillem. e dis que uengar se
uolia den guillem per sen den uc. et en aisi quieu nuelh far
mon cauallier de uos per so car sai qui es. e car non trobaria
cauallier quem conuengues mai de uos ni de cui en guillems
degues esser tan irat com de uos. e uuelh anar en pelerinatge
ab uos a sant antoni en uianes. et anarai a san leidier a maio
den guillem iazer en sa cambra. et el seu leig nuelh que uos
iaguatz ab mi. e can nuc o auzi meranilhet se mot forte dis:
dona trop me dizes damor e neus me a tot uostre mandamen.
La marqueza saparelhet gent e be. e mes se en la uia ab sas
donzelas e sos caualiers. e uenc sen a san leidier e i descaual-
quet. mais guillems non era el castel. pero la marqueza fo gen
aqulhida a sa uoluntat. e can uen la nueg colquet ab si nuc
el lieg den guillem. e si fon saupuda la nouela per la terra. e
can guillems o saup fon triste dolens. mas no li n uolc mostrar
brau semblan a la marqueza ni an uc. ans fazia semblan que
res non saupes. mas esforset se fort de seruir la comtessa de
rossilho. e parti son cor de la marqueza. et adonc el fe aquesta
chanso que dis: Pos tan mi fors amors caissim fai entremetre
(M. W. II, 41). et en la tornada el dis: bertran bertran ben
feira a mespendre. sil messonia fos uers et alhors ad apendre.
Auzit aues den guillem de san leidier quamaua la comtessa de
polonhac. la cals auia nom marqueza. et ela nol uolia retener
per caualier ni far negun plazer en dreg damor. ans cau uenc
a la parfi el al dis. en guillems si lo uescoms mos maritz nom
comandaua e nom pregaua nous tenria per mon caualier ni
per mon seruidor. e can guillems auzi la resposta fo tristz e
marritz. e pesset en cal maneira poiria penre genh que fezes
pregar la marqueza a son marit col retengues per son caualier.
et acordet se que fezes un uers en persona de son marit. lo
uescoms se deleitaua mot el cantars den guillem e cantaua
mot be e bel. en guillems si fe un uers que ditz: Dona ieu
uos soi messatgiers. del uers et entendres de cui (MW. II,

42). E quant lac fag el lo mostret al nescomte al marit de la domna. e comtet li la razo per quel lauia fait. quna soa domna lauia dit quela no lamaria si non la fazia pregar a son marit. el nescoms fo molt alegres cant auzi lo uers et apres lo uoluntiers. e can he lo saup cantet lo a sa molher. e la dona entendet lo tan tost. e recordet se de so cauia promes an guillem. e dis a si meteissa. neimais nom puesc defendre ad aquest per razo. et a cap de temps guillems uenc uezer sa dona. e dis li co el ania fag son comandamen. e cora lauia fag pregar a son marit. et adonc la marqueza lo receup per caualier e per seruidor. e lor amors estet et anet si com ai dig en lautra razo.

XXXVI. Hs. B. Lo monges de montaudon si fo dalueruge dun castel qe a nom uic qes pres dorllac. gentils hom fo e fo faitz monges de (Hs. da) labadia (labaia) dorllac. e labas li donet lo priorat de montaudon. e lai el se portet ben del ben (Var. s. p. b. far lo ben) de la maison. e fazia coblas estan en la mongia e sirnentes de las razons que corrion en aqella encontrada. e il cauallier e il baron lo traisseron (traissen) de la mongia. e feiront li grand honor. e deront (deiron) li tot so qe il plac e qel uolc nil lor (= ni el lor oder ni lor) demandet. et el portaua tot a montaudon al sieu priorat. mont crec e meilloret la soa gleisa. portan totas uez (tota uia) los draps mougils. e tornet sen ad orllac al sieu abat. mostran lo meilluramen qel ania faich al priorat de montaudon. e preiet (preguet) li qez el li dones (des) gratia qeis degues regir al sen et a la noluntat del rei amfos daragon. e labas la ill donet (det). el reis li comandet [quel manges] carn e dompneies e cant es e trobes. et el si fetz. et el fo faitz seigner de la cort del poi sainta maria e de dar lesparnier. lonc temps ac la seignoria de la cort entro que la cortz se perdet. e pois el se partic daqui et anet sen en espaigna. e fo li faitz grans honors e grans aplazers (plazers) per totz los reis e per totz los barons els ualens homes despaigna. Et a un priorat en espaigna que a nom uila franca qes de labadia (labaia) dorllac. el abas la (lo) ill donet. et el lo crec e lenriqui el meilluret e lai mori e fenic. (el mori e definet).

XXXVII. Hs. B. Arnautz danielz si fo daquella encontrada don fo arnautz de maroill de leuescat de peiregos dun chastel que a nom ribairac. e fo geutils hom et amparet ben letras. e delcitet se en trobar et en caras rimas. per que las soas chanssons non son leus ad entendre. ni ad aprendre. et amet una auta dompna de gascoigna moiller den guillem de buounila. mas non fo crezut qez anc la dompna li fezes plazer endreich damor. per que el ditz. eu sui arnautz qamas laura. e caz la lebre ab lo bou. e nadi contra suberna.

XXXVIII. Hss. EIR. Arnaut daniel[s] si fo daquela encontrada don fo narnaut de maruclh del euesquat de peiregore dnn castel que a nom ribayrac. e fo gentils hom. et

emparet ben letras e deleitet se en trobar et abandonet las
letras e fes se ioglars. et apres (e pres) una manieira de trobar
en caras rimas (cars rims) per que sas cansos non son leus ad
entendre ni a apprendre. et amet un auta domna de gascueu ha
molher den guilem de buouila. mas non fo crezut que la dona
anc li fezes plazer endreg damor per quel dis: Ieu soi arnautz
quamas laura. e cas la lebre ab lo bou. e nadi contra suberna.
Lonc temps estet en aquela amor en fes motas bonas cansos.
et el era met auinens hom e cortes. E fon auentura quel fon
en la cort del rei richart denglaterra. et estant en la cort us
autres ioglars escomes lo com el trobaua en pus caras rimas
que el. arnaut tenc so ad esquern e feron messios cascun de
son palafre que no fera en poder del rey. el reys enclaus cas-
cun en una cambra. en arnaut de fasti quen ac non ac poder
que lasses (Hs. lassetz) un mot ab autre. lo ioglar[s] fes son
cantar leu e tost. et els non auian mas .X. (decx od. detz)
iorns despazi. e deuias iutiar per lo rey a cap de cinq iorns.
lo ioglar[s] demandet an arnaut si auia fag. e narnaut respos
que oc passat a tres iorns. e non auia pessat. el ioglar[s]
cantaua tota nueg sa canso per so que be la saubes. e narnaut
pesset col traisses [ad ?] isquern. tan que nenc una nueg el
ioglar[s] la cantaua e narnaut la ua totarretener el so. e can
foron denan lo rey narnaut dis que uolia retraire sa chanso. e
comenset met be la chanso que l ioglar[s] auia facha. el ioglar[s]
can lauzic gardet lo en la cara e dis quel lauia facha. el reis
dis cos podia far. el ioglar[s] preguet al rei quel ne saubes lo
uer. el reis demandet a narnaut com era estat. en arnaut
comtet li tot com era estat. el rei[s] ac ne gran gaug e tenc
so a gran esquern. e foro aquistiat los gatges et a cascu fes
donar bels dos. e fo donatz lo cantar a narnaut daniel que di:
Anc ieu non lac mas ella ma.

XXXIX. Hs. B. Gaucelms faiditz si fo dun borc que a
nom userta que es e leuescat de lemozin. e fo fills dun borzes
e chantaua mieitz domen del mon. e fetz mout bons sos e bons
motz. e fetz se ioglar[s] per ochaion que el perdet a ioc tot son
auer. hom fo que ac molt gran larguesa. e fo mout glotz de
maniar e de beure. e per so el uenc gros outra mesura. mout
fo lonc temps desastrucs de dons e donor a prendre. que plus de
.XX. (vint) anz anet a pe per lo mon qez el ni sas chansos non e-
ron uolgudas ni grazidas. e pres per moiller una soudadeira
qel menet ab se lonc temps per cortz que auia nom Guillelma
monia. fort fo bella et ben enseignada. e uenc si grossa cum
era el. ella fo dun borc qui a nom elest qes de la marcha de
proensa qes de la seignoria den bernart dandusa. e messier
lo marques bonifacis de monferrat lo mes en auer et en rau-
bas et en arnes et en gran pretz lui e sas chanssons.

XL. Hss. ER. Gaucelms faidit si fo dun borc que a
nom uzercha ques en lauescat de lemozi. fils fo d un borzes. e

cantaua piegz dome del mon. e fes mot bos sos e bonas cansos. e
fes se ioglar per ochaison quel perdet (per so car ac perdut)
tot son auer a ioc de datz. hom fo mot lares e mot glotz de
maniar e de beure. per que en deuenc gros otra mesura. mot
fon lonc temps desastrucs de dos e donor a penre. que plus de
XX ans anet per lo mon quel ni sas causos no foro grazitz ni
uolgutz. e pres per molher una soudadeira que menet ab si
lonc temps per cortz. que auia nom guilhelma monia. fort fo
bella et ensenhada. et esdeuenc si grossa e grassa com era el.
ella fo d un ric borc que a nom alest de la marca de proensa de la
seingnoria den bernart danduza. e messier bonifassi marques
de monferrat mes lo en auer et en raubas et en arnes et en gran
pres lui e sas causos. — Vos auetz auzit qui fon gaucelms fai-
dit ni com uenc ni estet. mas el ac tan de cor que se enamoret
de ma dona maria de uentadorn de la meillor domna e de la
plus auinens que fos en aquela sazo. e dela fazia sas cansos.
e la pregaua en cantan. et en cantan prezicaua e lauzaua sa
gran ualor. et ela lo sufria per lo pretz que li donaua. et en
aissi duret lur amor be sept ans. que anc non ac plazer endreg
damor. e si uenc un dia en gaucelm denan sa dona. e dis li o
el al faria plazer endreg damor o ela lo perdria e serquaria
dona don li uenria gran be damor. e pres comiat dela irada-
men. e ma dona na maria mandet per una dona que auia nom
ma dona audiart de malamort que era bela e gentil. e dis li tot
lo fag den gaucelm e de si. e que la degues cosselhar co res-
pondera an gaucelm ni col poiria retener ses far amor a lui. et
ela dis que no la cosselharia del laisar ni del retener. mas el al
faria partir de samor que no sen rancuraria ni seria sos ene-
mics. e ma dona na maria fo molt alegra cant auzi aisso. e
preguet li mot que o complis. ma dona naudiartz sen anet.
e pres un messatge cortes. e mandet dizen an gaucelm que
ames may un petit auzel el punh que una grua uolan el cel.
gaucelm cant auzi aquel man montet a caual et anet sen a ma
dona naudiart. et ela l reccup mot amorozamen. et el li deman-
det per que ela li auia mandat del pauc auzel e de la grua. et
el al dis que mot auia gran piatat de lui. car sauia que el amaua
e non era amat. mas car l auetz montat son pretz e sapiatz quela
es la grua. et ieu soi lo petit auzel que uos tenetz el punh per
far e per dir totz nostres comans. e sabes be que ieu soi gen-
tils et auta de riqueza e ioue dans. e si dis hom que ieu soi fort
bela. et ancmais no dei ni promis ni enganiei ni fui enganada.
et ai gran uoluntat de ualer e de esser amada per tal que ieu
gazanh pretz e lauzor. e sai que uos etz cel per cui o puesc tot
auer. et ieu sui cela que o puesc tot gazardonar. e uuelh uos
per amador. e fas uos don de mi e de mamor ab tals couens
que uos prengas comiat de ma dona maria. e que fassatz una
canso rancuran dela cortezamen. e digas que pus no uol segre
autra uia que uos aues trobada autra dona franca e gentil que

uos amara. e can gaucelms auzi los plazers plazens quel dizia
e ues los amoros semblans quel mostraua els precs quel fazia.
e car era tan bela. fo sobrepres damor que no saup on se fon.
e can fo reconogut et el li redet grans gracias aitan com poc ni
saup com fera tot se quela li comandaria es partiria de samor
de ma dona maria e metria tot son cor en ela. et aquesta pro-
messios fes la us a lautre. gaucelms sen anet ples de ioia. e
penset de far chanso que fos entenduda que partit se era de
ma dona maria. e que autra ne auia atrobada que lauia reten-
gut. e la canso dis: Tant ai sufert longamen greu afan (MW. II,
83). Aquesta canso saup na maria et alegret sen mot. e ma do-
na naudiart[z]a tressi. car conoc quel auia partit son cor e son
chant de ma dona maria. car auia crezudas las falsas promes-
sas de lieis per aquesta canso. et a cap duna sazo gaucelms fai-
dit anet u ezer ma dona naudiart ab gran alegrier com sel que
esperaua intrar en cambra mantenen. et elal receup fort. en
gaucelms fo a sos pes e dis quel auia fag son comandamen. e
com el auia mudat son cor en ela. e quela li fazes (fezes?) los
plazers quela li auia promes. e que fos meritz de so que auia
fag per ela. ma dona naudiart li dis. que uos es trop ualens
e trop prezatz. e que non es dona el mon que uos degues
tener per pagada de sa amor. car uos es paire de ualor. et
ayso que uos promezi non o fi per uoluntat de uos amar per
amor. mas per uos traire de preso on uos eras. e de aquela
fola esperansa que uos a tengut pus de VII ans. e car sabia
la uoluntat de ma dona. na maria. car ieu sabia que res de
uostres uolers no uos atendera. car ieu serai uos amiga e
beuolens e tot can comandares ses mal estar. gaucelms auzi
ayso e fo tristz e marritz. e comensa clamar merce a la dona
quela no laucizes nil trais ni lenganes. elal dis quela no lo
aussiria ni enganaria. ans uos ay trag denguan e de mort. can
ui que no ualia clamar merce anet sen com hom marritz. car
ui quen aissi era enganatz. car se era partitz de ma dona maria.
e so que lauia promes o auia fag per engan. e pesset que tor-
nes merce clamar a ma dona maria. e fes aquesta canso que dis:
No malegra chans ni critz. dauzelh mon felh cor engres (MW.
II, 109). Mas per chansos ni per res del mon non poc trobar perdo
ni foro auzit sos precs. Can gaucelms fo partitz de ma dona ma-
ria per ma dona audiart. aysi com auetz auzit. el estet lonc tems
marritz per lo engan que ac pres. mas ma dona maria garida
dalbusso molher den raynaut uescoms dalbusso lo fey alegrar
e chantar. quel dis tans de plazers e ill mostret tant damoros
semblans per quel senamoret dela e la preguet damor. et ela
per so quel la mezes en pretz et en ualor si receup sos precs. e
ill promes de far plazer damor. longamen durero los precs den
gaucelm. mot la lauzet a son poder. et ela com se fos cauza
quela no salegres de las lauzors quel fazia dela no lauia nulh-
amor ni nulh semblan no li fez. mas una uez can prenia com-

iat dela el li bayset lo col. et ela luy sofri amorozamen. don
el uisquet ab gran alegrier per aquel plazer. mas ela amaua
mic de la signa quera filh de nuc lo brun coms de la marcha et
era mot amic de gaucelm. la dona si estaua al castel del busso
on ela no podia uezer nuc de la signa ni far negun plazer. per
que ela se fes malauta de mort et uolet se ad anar a nostra
dona de rocamador. e mandet dire a nugo de la signa que uen-
gues a uzercha en un borc on estaua en gaucelm faidit. e que
uengues a furt. e que descaualgues al alberc den gaucelm. et
ela uenria aqui el faria plazer damor. et assignet li lo iorn que
uengues. can nugo o auzi fo molt alegres e uenc sen laj al dia
mandat. e desmontet en lalberc den gaucelm. e la molher den
gaucelm can lo ui lo receup ab gran alegrier. e la doua uenc e
desmontet en lalberc e trobet nuc rescost en la cambra on ela
deuia iazer. et ela can lac trobat fo molt alegra et estec dos
iorus aqui. e pueys seu anet a rocamador. et el atendet la aqui
tro que uenc. e pueys estero aqui autres dos iorns cau fo uen-
guda. e cada nueg iazian ensems ab gran ioi. e non tardet
gayre can sen foro tornat quen gaucelms uenc. e sa molher
contet li tot lo fag. can gaucelms o auzit per pauc no mori de
dol. car crezia que non ames autre may lui. e car lauia colgat
en son lieg fo ne plus dolens. don fe per aquesta razo una
mala canso que di: Sanc negus hom per auer fin coratge (MW.
II, 88). Ayso es la derreira quel fe.

XLI. Hs. B. En Raimons de miraual si fo uns paubres
caualliers de carcasses. que non auia mas la quarta part del
castel de miraual. et en aqel chastel non estauan .LX. homen.
mas per lo sieu bel trobar e per lo sieu bel dire. e car el saup
e damor e de dompnei plus e de totz los faitz auinens e de totz
los faitz plazens que corren entramadors et amairitz. si fo
mout honratz e tengutz en car per lo comte de tolosa cui el
clamaua naudiartz. et el lui. el coms li donaua los cauals els
draps e las armas que mestier e besoing li auiant. et era seign-
ner de lui e de son alberc. e seigner del rei peire daragon. e del
uescomte de beders. e den bertran de saissac. e de totz es
grans barons daqellas encontradas. e non era nuilla graus
ualens dompna en totas aqellas encontradas que non desires e
non sapenes qel entendes en ella. o qel li uolgues ben per do-
mesteguessa. car el las sabia plus honrar e far grazir que nuills
autrom. per que neguna non crezia esser prezada sil non fos sos
amics raimons de miraual. e maiotas donas sentendet en fetz
maintas bonas chanssons. e non fo crezut qez el agues mais
ben de neguna en dreit damor. e totas lenganeren.

XLII. Hs. EIR. Raimons de miraual[s] si fo us paubres ca-
ualliers de carcasses. que non auia mas la quarta part del castel
de miraual. et en aquel castel non estauo XL (quaranta) home.
mas per lo sou trobar e per son bel dire. e car el saup plus
damor et de domnei e de totz los faitz auinens e de totz los

ditz plazens que corron entramadors et amairitz. el fo amat e tengut car per lo coms R. de toloza quel clamaua son audiart. et el lui. el coms li daua cauals et armas els draps que besoignauen e so quel fazia mestier. et era senher del alberc de lui. e senher del rei peire darago. e del uescoms de bezers. e den bertran de saissac. e de totz los grans baros de aquela encontrada. e non era neguna gran domna ni ualens que no dezires e no se penes que el entendes en ella o que li uolgues be per domesteguessa. quar el las sabia pus onrar e far grazir que nuls autrom. per que neguna no crezia esser presiada si raimons de miraual no fos sos amics. e R. de miraual sentendet en mantas domnas. en fetz mantas bonas cansos. e no se crezet mais quel de neguna endreg damor agues ben. e totas lenganeren. Ben auetz auzit R. de miraual qui fo ni don. per quieu uos uuelh dire mais de son fag. don el amaua una dona de carcasses que auia nom na loba de puegnautier filha den R. de puegnautier. et era molher dun cauayer ric e poderos de cabaret pariers del castel. la loba si era sobrauinens e uoluntoza de pretz e donor. e tug li baro de la encontrada e li estranh que la uezian entendian en ela. lo coms de fois. en oliuier de saissac. en peiro rotgier de mirapeys. en aimeric de monrial. en peire uidal que fes mantas bonas cansos de lieis. En raimons de miraual si lamaua mais que totz. e la metia enans a son poder ab sas cansos e en comtans. com sel que o sabia meils far de caualier del mon. et ab plus plazens razos et ab plus beis digz. e la loba per lo gran pres en que el lauia meza. car conoissia quel la sabia enansar fort e dezenansar. ela li sofria sos precs el prometia de far plazer endreg damor. e lauia retengut baizan. mas ela o fazia tot per engan. et amaua lo coms de fois tan que ela ne auia fag son drut. et era lamor paleza de lor per tota la encontrada de carcasses. don ela fon descazucha de pres e de honor e damics. que lai tenian per morta tota domna que fassa son drut daut baro. En miraual auzi la nouela del mal caiua fag. e que peire uidal nauia facha una mala chanso dela que di: Estat ai una gran sazo. en la cal el dis en unas coblas: Mot ai mon cor felo. per lieis que mala fo (MG. 247). Mirauals fo sobre totz pus dolens. et ac uoluntat quen diches mal e en decazer ponhes. e pueis pesset se que mai ualia que ponhes en ela enganar. aisi com ela auia lui enganat. e comensa la a defendre a cobrir et a razonar del fag del comte. la loba auzi que mirauals la defendia del mal que auia fag sobre la grau tristeza quel auia. si salegra molt per la defensio de miraual. per so quela auia maior paor del que de totas las autras gens. e sill fai uenir a se. e sill regrasia molt en plorau del mantenemen e de la defensio quel fazia dela. e si li dis: miraual sieu anc iorn agui pretz ni honor ni amic ni amiga ni fos auzida ni prezada luenh ni pres ni aigui ensenhamen ni cortezia per uos mes tot auengut e de uos o tenh. e cum so sia causa que ieu non ai fag tot so que uos aues uolgut endreg damor. no mo a uedat amors dautrui. mas una paraula que uos disses en una nostra canso que ditz: Amors me fai cantar et esbaudir . . bona domna nos den damor gequir. e pus tan fai quad amor sabandona. no sen coch trop ni massa non o tir. que mens en ual tot fag que dessazona (MW. II, 129). Et ieu uolia uos far tan de plazer ab ourada razo. per que uos lacsetz plus car que men uolia cocha (que no men uolia cochar). que non a mais dos ans e cinq mes que uos retengui baizan. si com uos diches en nostra canso: Passatz so cinq mes e dui ans. quieu uos retengui a mos comans. Aras uei be que uos nom uoles abandonar per lo blasme fals e mensongier que maun mes enemix et enemiguas desobre me. per so uos dic que pos uos me mantenes contra tota gent. et ieu me tuelh de tota autra amor per uos. e don uos lo cor el cors per far tot cant que uulhatz. e met me del tot en uostre poder et en uostras mas. e prec uos quem defendatz a uostre poder. mirauals ab gran alegreza receup lo don de la loba. et ac de lieis tot so que a lui plac longa sazo. mas denan sera enamorat de la marqueza de menerba quera ioues e gaia e gentils domna. e non auia mentit ni enganat ni era estada enganada ni trahida. e per aquesta se parti mirauals de la loba. per que fez aquesta canso que dis: Sieu en cantar souen. no matur ni maten. non cuietz que sabers. men falha ni razos (MW. II, 130). Vos auetz entendut den raimon de miraual co saup enganar la loba e remaner ab lieis en patz. mas ar uos dirai de nalazais de boissazon com lenganet. et una autra apres quera sa uezina na esmengarda de castras. et ela (Hss. el, Rayn. il ?) dizia hom la bela dalbeges. abdoas ero de la uescat dalbi. nalazais era dun castel quez a nom lombes molher den bernat de boissazo. na esmengarda si era dun borc quez a nom castras molher dun ric ualuassor quera fort de temps. Mirauals senamoret de nalazais quera ioues e gentils e bela e uoluntoza de pretz e donor e de lauzor. ecar ela conoissia que mirauals li podia plus donar de pretz que nuls hom que fos. si fo molt alegra car uit quel lamaua. e fetz li totz los semblans e los plazers que dona pot far a home. et el la enanset cantan e comtan a son poder. e de lieis fes motas bonas chansos. e mes la en tan gran pretz que totz los baros de aquela terra entendero en ela. lo uescomte de bezers. el coms de toloza. el rei peire darago. als cals mirauals la auia tan lauzada quel reis ses uezer sen era fort enamoratz. e lauia mandatz sos messatges e sas ioias. et el ac uoluntat de lieis uezer. e mirauals ponhet mot com el la uis. e fetz una cobla en sa chanso que dis: Ar ab la forsa del freis . . . sa lombers corteial reis. per tos temps er iois ab lui. e sitot ses sobradeis. per un ben en uenran dui. que la corteziel iais. de la bella nalazais. el fresca color el pel blon. fan tot lo segle iau-

zion. Donc lo rei[s] sen uenc en albiges a lombes per uezer
nalazais. en mirauals uenc ab lo rei pregan lo rei quel li de-
gues ualer ab ma domna nalazais. fort fo receubutz et onratz
lo reis. e uegut uolentiers per ma domna nalazais. el rei tan-
tost can fon assegut apres dela la proguet damor. et ela autrei-
et de far tot so que uolria. si que la nueg ac lo rei[s] tot so que
uolc. el lendema fo saubut per tot lo castel e per tota la cort
del rei. en mirauals que atendia esser rics de ioi per prec del
rei et auzi aquestas nouelas fo fort marrit. et anet sen e laisset
lo rei e la dona. longamen se plais del mal que auia fag la
dona. e de la felonia quel rei[s] auia facha de lui. don el per
aquesta razo fe esta chanso: Entre dos uolers soi pessiu (MW.
II, 125). Can lo coms de toloza fon descretatz per la guerra e
per los frances. et ac perdut argensa e belcaire. e li frances
agro san gili et albiges e carcasses. e bederres fon destruitz.
el uescomte de bezers era mort. e tota la bona gen daquela
encontrada foro mortz e guandida al coms ab cui el se clamaua
naudiart. el uiuia (Hs. ueuia) ab gran dolor. per so que tota
la bona gent de cui era lo coms senher e maystre e donas e
caualiers ero mortz e deseretatz. pueis auia sa molher perduda
aisi com auziretz. e sa dona lauia trait. et auia son castel per-
dut. auenc se quel reis darago uenc a toloza per parlar ab lo
comte. e per uezer sa seror ma dona na elionor e ma dona
sancha. e confortet mot sa seror el comte e sos fillh e la bona
gen de toloza. e promes al coms quel li rendria e cobraria
belcaire e carcassona. et a miraual lo sieu castel. e que la
bona gen cobraria lo ioi que auia perdut. en mirauals per ioi
quel ac de la promessio quel reis fes al comte et a lui de ren-
dre so quauion perdut e per lo tems destat quera uengutz ia
agues el preponut de no far cansos entro quez agues cobrat
lo castel de miraual que auia perdut. e car sera enamorat de
ma dona na elionor molher del comte. quera la plus bela dona
del mon e la melhor. a cui el non auia encaras fag semblan
damor. fes esta canso que di: Bel mes quieu chan e condei.
pos laures dossa el temps iai (MW. II, 128). E cant ac facha
la canso la trames en arago. per quel rei uenc ab mil caua-
yers a seruizi del comte per la promessio quel auia facha. don
lo rei fon mortz per los frances denan murel ab totz los mil
cauayers que auia ab se. que negus non escapet ab uida. —
Eu uos ai dich de sobre en lautra raison den raimon de mi-
raual. et auetz auzit qui fo ni don. e com gran ren entendet
en totas las meillors dompnas e las plus ualens daquelas en-
contradas si com el dis: Ja ma dompna mallei (Rayn. m'a lei?).
seu a sas merces meslais (Rayn. m'estais; auch Lex. Rom. 4,
207 ?). que non ai cor que mabais. ni uas bas amor desrei. cades
ai lo meills uolgut. dedins e fors son repaire (MW. II, 129).
Que las mes en gran pretz et eu gran lauzor entre la bona gen.
ben ni ac de tal que feiron ben de lui. e dautras quen feiron

mal si com el dis: Que mantas uetz me tornet a color. e mantas uetz en gaug et en doussor (MW. II 127). E ben fo per tals galiatz que el las galiet pueis tot galiatz si com el dis: Et en sufren mon dan. saup lenganar toz enganatz. e pois remaner ab leis en patz (MW. II, 131). Mas a lui desplasia fort qui dizia quel non agues ben de las domnas. e si desmentia aquels que disian quel non agues ben. si com el dis: Ar nau disen a lairo. qane damor no li uon pro. menten qautz nai bes e iauzimens. e sufert dans e galiamens (MW. II, 126). A uemais no uolc enganar las finas ni las loials per mal quelas li fezeson sofrir. ans de lor dan poc auer fait son pro. mas anc no uolc ren qua lor no fon bos. e si semamoret duna iouen domna gentil dalbiges que auia nom na domna[n] aimengarda de castras. bela era e cortesa et auinens et enseignada e gen parlans. — Dig uos ai de nalazais de boissazo com engaunet miraual(s) e si meteusa aissi. ara uos uuelh dir com na esmengarda de castras saup que nalazais lauia escarnit. mandet per en miraual(s). et el uenc. et elal dis que mot era dolenta de so que se dizia de na alazais. don ela auia cor e uoluntat de far esmenda a lui de se mezeissa del mal que li auia fag nalazais. et el fon leu per enganar can uit los bels semblans els bos ditz ab que la li presentaua lesmenda del dan quel auia pres. e dis li que uoluntiers uoldria prendre de lieis la esmenda. et ela pres lo per caualier e per seruidor. e mirauals la comenset a lauzar et a grazir et a enausar son pretz e sa ualor. e la dona auia sen e saber e cortezia. e saup gazanhar amics et amigas. en oliuier de saissac que era un gran bar de la terra si entendia en ela e la pregaua de penre per molher. En mirauals can ui que lauia tan montada en pretz et en onor uolc gazardo. e si la preget que li fezes plazer endreg damor et ela li dis quela no il faria plazer damor per nom de drudaria. quenans lo pendria per marit. per so que lur amor[s] nos pogues partir nis rompre. e quel degues partir sa molher de se. la qual auia nom ma dona gaudairenca. don mirauals fon fort alegres e iauzens cant auzit que per marit lo uolia. et anet sen al sieu castel. e dis a sa molher que no uolia molher que saupes trobar. que assatz auia en un alberc dun trobador. e que se aparelhes danar ues lalberc de son paire. quel no la tenria plus per molher. et ela entendia en un cauayer que auia nom guillem bremon don ela fazia sas dansas. cant ela auzi so que en mirauals li dis fes se fort irada e dis que mandaria per sos parens. e mandet per en guillem bremon que uengues. que ela lo pendria per marit es niria ab el. Guillem bremon cant auzi las nouelas fo molt alegres. e pres caualiers e uenc sen al castel den miraual e desmontet a la porta. e na gaudairenca o apres e dis au miraual que sici amic eron uengut per lieis. e quela sen uolia anar ab lor. mirauals fo molt alegres e la dona plus. la dona

fo aparelhada danar. en mirauals la menet fora e troba en G.
brémon e sa companha e recoup los fort. can la dona uolc
montar el caual e ela dis an miraual que pus que la uolia partir
de lui (Hs. liei) que la des an guilhem bremon per molher.
mirauals dis que uolentiers si ela o uolia. en G. se trais enan
e pres lanel per espozar. en miraual lal det per molher e me-
net lan. Can miraual[s] ac partida sa molher de se anet sen
a ma dona na incugarda. e dis li quel auia fag son coman-
damen de sa molher. e quela denhes faire e dir e li atendes
so que li auia promes. e la dona li dis que ben auia fag. e que
sen tornes a son castel e que fezes son aparelhamen de far
grans nossas e de recebre licis per molher. car ela mandaria
tost per el. mirauals sen anet e fes gran aparelhamen per far
nossas. ela mandet per noliuier de saissac et el uenc tost. et
elal dis co ela faria tot so quel uoldria el penria per marit.
et el fo lo plus alegres hom del mon. et acerderon aisi lur
fag quel ser lan menet al sieu castel. e lendeman lespozet e
fes grans nossas e gran cort. Las nouelas uengro an miraual
que la dona auia pres noliuier de saychac per marit. fort fo
dolen e trist. car lauia fag sa molher laissar. e que lauia
promes quel prendria per marit. e que nauia fag son aparel-
hamen de nossas. e dolens de nalazais del mal quela auia fag
ab lo rei darago. e si perdet tot ioi e tot alegrier e tot solatz
e cantar e trobar. et estet com hom esperdutz ben dos ans.
aquestas nouellas foron auzidas per totas aquelas contradas
loing e pres. et auenc a saber a un ualen baron de cataloigna
que auia nom nuget de mataplana quera mout amics de mi-
raual. e si en fetz aquest siruentes que ditz: Dun siruentes
mes pres taleus. E mans caualiers trobador se trufauon de
lui per los esquerns quen fazian. mas una gentil dona que
auia nom brunessen molher den p. rotgier de cabaret que era
enueioza de pretz e donor si mandet saludan e pregan e con-
fortan an miraual ques degues alegrar per lamor de lieis. e
que saubes per ueritat quela lanaria uezer si no uolia uenir
uas lieis. e li faria tan damor quel conoisiria be que nol uolia
enganar. e de aquesta razo fes esta chanso que di: Ben aial
messatgier (MW. II, 126).

XLIII. Hs. IK. En blan catz si fo de proensa. Gentils bars et
autz e rics. larcs et adreichs. E plac li dons e domneis. e
guerra e messios. e cort e mazans e bruda. e chanz e solatz. E
tuich aquels faich per quom bons a pretz e ualor. Et anc non
fo hom a qui tant plagues prendre com a lui donar. El fo aquel
que mantenc lo[s] desmantenguz. et amparet totz los desanpa-
ratz. Et on plus uenc de temps plus crec de larguessa e de
cortesia e de ualor darmas e de terra e de renda e donor. E
plus lameren li amic e li enemic lo tensen plus. E crec sos
sens e sos sabers e sos trobars e sa gaillardia e sa drudaria.

XLIV. Hs. IR. Sauaric de mauleon si fo un rics baros

de peitieu fils den reols de malleon. seigner fo de malleon e
de talarnom e de fontonai e de castelaillon e de boet e de
benaon e de saint miquel en lertz e de la isla de riers e de lisola
de niues e de nestrine e dengollius e dautres mainz bons locs.
bels caualiers fo e cortes et enseingnatz e larc sobre totz los
larex. plus li plac dons e dompneis et amor e torneiament que ad
home del mon e de chanz e de solatz e trobars e cortz e messios.
plus fo fin amics de domnas e damadors que nuills autres caual-
liers e plus enueios de nezer bons homes e de far lor (li) plazer.
e fo lo meiller guerrer que anc fos el mon. tal uez ne fo auentu-
ros e tal uez ne trobet dan. e totas las guerras quel ac foron con
lo rei de fransa e co n la soa gen. e dels siens bons faich se
poiria far un gran libre qui lo uolgues escriure. com daquellui
que ac plus en si dumelitat e de merce e de franquessa e que
mais fez de bons faich dome quien anc nis ni auzis e plus
nauia noluntat de far. — Hs. R. En sauaric de malleo fo nen-
gutz a benauiatz per nezer la nescomtessa na dona guillerma.
et el entendia en ela. e tray ab lui nelias rudels senher de
bragairac e iaufre rudelh de blaya. totz tres la pregauo da-
mor. et enaus caysso fos elania cascun tengut per son ca-
uayer. e lun non o sabia de lautre. tug tres foron asetatz pres
dela. lun duna part. lautre dautra. lo ters denan ela. cascus
dels la esgardaua amorozamen. et ela com la plus ardida
dona com anc nis comenset ad esgardar en iaufre rudelh de
blaya amorozamen. car el sezia denan. et an elias rudelh de
bragairac pres la man et estreis la fort amorozamen. e de
mossenh en sauaric causiget lo pe rizen e sospiran. negus no
conoc lo plazer lun de lautre entro quen foron partitz. quen
iaufre rudelh o dis an sauaric com la dona lauia esgardat. e
nelias dis lo del ma. en sauaric cant auzis que a cascun
(H. cascus) auia fag aital plazer fon dolens. e de so que fon ad
el fag non parlet. mas apelet gaucelm fayzit e nugo de la ba-
calayria. e si lur dis en una cobla al cal auia fag may de plazer
ni damor. e la cobla del deman comessa: Gaucelm tres ioc
enamorat (MW. II, 144). Beus dic den sauaric que be fon
sel quera razitz de tota la cortezia del mon. et en totz bos
fatz com puesca pessar de bon home el fon maystre de totz.
et auia amada et onrada lonc tems una dona gentil de gascu-
enha madona guillerma de benauiatz molher que fo den P.
de gauaret quera nescoms de beraumes e senher de san ma-
cari e de lengo. e puesc dire per uer que anc tans de bos fatz
[no] fezes [hom] per dona. mot longamen lo paget esta dona
ab sas folas promessas et ab bels mandamens et ioyas donan.
e mantas uez fes lo uenir de peitieus en gascuenha per mar
e per terra. e cant era uengutz gen lo sabia enganar ab falsas
razos que nol fazia plazer damor. et el eran tan enamoratz
que no conoysia lengan. mas sos amics del li deron ad entendre
lengan. e mostreron li una dona de gascuenha quera de

manchac e molher den guiraut de manchac ioues e bela et
auinens. e deziroza de pretz e de uezer en sauaric per lo be
quen auzia dire. en sauaric can ui la dona azautet li mot a
merauilhas e preget la damor. e la dona per la gran ualor
que ni en el retenc lo per son cauayer e det li iorn quel uen-
gues a leys per penre so que demandaua. et el parti sen mot
alegres e pres comiat e tornet sen a peytieus. E no tarzet
gayre que ma dona na guillerma benauia saupet lo fag. e com
lauia dat iorn de uenir ad ela per far son plazer. adonc fon
mot giloza e trista cau non lac retengut. e fes far sas letras
e sos mans e salutz aitan caramen co saup ni poc. e mandet
an sauaric que al iorn que lauia dat la comtessa de manchac
que uengues ad ela a furt a benauias per auer dela tot son
plazer. e sapias per uer que ieu ne de san cire que ay escrichas
estas razos fuy lo messatge que lai aniey el portey totz los
mans els escritz. et en la sua cort si era lo prebost de limotges
quera ualens hom et ensenhatz e bos trobaires. en sauaric
per far a lui honor li mostret tot lo fag e so que cascuna lauia
dig e promes. en sauaric dis al prebost que lin demandes en
chantan e que lin partis tenso a la cal destas doas deuia anar
al iorn que li auian donat. el prebost comes lo e di: En sauaric
ieu uos deman. quem diatz en chantan (MW.II,146. G.1131)

XLV. Hs. BI. Nucs de saint cire si fo de caersin dun
borc qui a nom tegra. fills fo dun paubre uauassor que ac nom
narcman (narman I.) de sain cire. per so qel castels don el fo a
nom saint cire qes a (al) pe de sainta maria de rocamador
(rocamaior). que fo destruitz per gerra e derrocatz. aqest
nucs si ac gran ren de fraires maiors de si. e uolgron (u. lo)
far clerc. e manderon lo a (a la) scola a monpeslier. e qand
il cuideron qel apreses (amparcs) letras. et el apres (amparet)
chanssons e uers e siruentes e tensons e coblas. els faitz dels
ualens homes els ditz que eron adoncs ni que eron estat dauan
(eill fach eill dich dels ualens homes e de las ualens domnas
que eron al mon ni eron estat). et ab aqest saber el senio-
glaric (saioglari). el coms de rodes el uescoms de torena lo
leueron mout a la ioglaria. ab los uers et ab las coblas et ab
las tenssons que ill feiron ab lui [el bons dalfin daluernhe.
Et estet lonc temps en gascoingna paubres cora a pe cora a
caual]. lonc temps estet ab la comtessa de benauges. e per
licis gazaignet lamistat den sauaric de malleon. lo cals lo
mes en raubas et en arnes (on arnes et en roba). et estet lonc
temps ab el en peitieus (peitieu) et en las soas encontradas.
e pois estet en cataloigna et en aragon et en espaigna ab lo
bon rei amfos daragon. et ab lo rei peire (e con lo rei amfos
de leon e con lo rei peire daragon). e pois sen uenc en proenssa
et estet ab los barons. e pois en lombardia et en la marca ter-
uisana. e pres moiller en teruisana gentil e bella (e tolc moil-
ler e fez enfans). Gran ren apres (amparet) de lautrui saber.

e uolontiers lenseignet ad autrui. assatz fetz de bonas chanssons e de bons uers e de bonascoblas e [de]bons sons. et anc non fo gaires enamoratz (mas no fes gaires de las cansos. quar no fo enamoratz de neguna). mas el se feignia enamoratz. e ben saup aleuar las soas dompnas e ben decazer (mas se sap feigner enamorat ad ellas ab son bel parlar e sap ben dire en las soas cansos tot so que ill auenia de lor. e ben las sap leuar e ben far cazer) qand el lo uolia far : ⸱ los siens uers et ab los siens digz. (mas pois quel ac moiller non fetz cansos.)

XLVI. Hs. B. Naimerics de piguignau (in den Ueberschriften der Lieder selbst immer piguillan) si fo de tolosa fills dun borzes qera mercadiers que tenia draps a uendre et apres chanssons e siruentes. mas inout mal cantaua. et enamoret se duna borgesa soa uezina. et aqella amors li mostret trobar e fetz de lieis maintas bonas chanssos. e mesclet se ab lo marit della e fetz li desonor. e naimerics sen uenget en tal guisa qez el lo feri dun espaza en la testa. per qel couenc issir de tolosa e faidir. et anet sen en catalloigna. en Guilleme de berguedan sil acuillic et enanset lui e son trobar en la primeira chansson quel auia faita tant qel li donet son palafre e son uestir et presentet al rei amfos de castella. lo qals lo crec dauer e darnes e donor. et estet en aqellas encontradas lonc temps. pois sen uenc en lombardia on tuich li bon home li feiron grand honor. et en lombardia fenic.

XLVII. Hs. IKR. Naimeric de peguilha (pegulha) si fon de tolosa. fils dun borges quera mercadiers de draps. mas molt mal cantaua. et enamoret se duna borzeza sa uezina. et aquela amors li mostret trobar. e si fes de leis mantas bonas cansos. mas lo marit se mesclet ab lui e fes li desonor. en aimericx sen uenget. quel lo ferit duna espaza per mieg lo cap. per quel couenc a faizir de tolosa. et anet sen an guilem de berguedan que lacuilhi. et enanset lui e son trobar en la premeira chanso quel auia faita tan quel li donet son palafre et son uestir. e presentet lo al rei namfos de castella quel crec dauer e darmas e donor. e lai estet lonc temps. pueis ueng sen en lombardia on tug li bon home li feron honor. e lai definet en cretgia segon com ditz. — E fon auentura quel marit guerit de la nafra et anet a san iacme. en eimeric saup o et ac uoluntat dintrar en toloza. e uenc sen al rei e dis li que si plazia uolria anar uezer lo marques de monferrat. el rei sil det bando dauar e mes lo en armes de totas res. en aimeric dis al rei que passar uolia a toloza. mas regar[t] auia de so quel sabia quel rei sabia tot lo fag. e ui que la amor[s] de sa dona lo tiraua e det li companha tro monpeslier. et el det as entendre tot lo fag als companhos e quels li aiudesso. quel uolia uezer sa dona en forma de malaute. et els responderon quels feran tot so que comandaria. et quan foron a toloza los compans demanderon lalberc del borzes e fon lor ensenhatz. e troberon la dona e disseron li que un cozi del rei de castella era malautes que anaua en pelerinatge e quel plagues que lainz pogues uenir. ella respos que lainz seria seruitz et onratz. En aimeric uenc de nueg els compagnos colqueron lo en un bel lieg. e lendema neimeric mandet per la dona e la dona uenc en la cambra e conoc naimeric e det se grans merauilhas e demandet li com era pogut intrar en toloza. et el li dis que per samor. e comtet li tot lo fag. e la dona fes paruent quel cubris dels draps e baizet lo. daqui enans no sai co fo. mas tan que .X. iorns lai estec neimeric per occaizo desser malautes. e cant sen parti daqui anet sen al marques on fou ben aculhit.

XLVIII. Hs. IK. Peire cardinal si fo de ueillac de la ciutat del puei nostra domna. e fo donradas gens de paratge. e fo filhs de caualier e de domna. e cant era petits sos paires lo mes per quanorgue en la quanorguia del puei. et apres letras. e saup ben lezer e chantar. e quant fo uengutz en etat dome el sazautet de la uanetat daquest mon. quar el se sentit gais e bels e ioues. e mot trobet de belas razos e de bels chantz. e fetz cansos mas parcas. e fes mans siruentes e trobet los molt bels e bons. en los cals siruentes demostraua molt de bellas razos e de bels exemples qui ben los enten. quar molt castiaua la follia daquest mon. e los fals clergues reprendia molt segon que demostron li sieu siruentes. et anaua per cortz de reis e de gentils barons menan ab si son ioglar que cantaua sos siruentes. e molt fo onratz e grazitz per mon seignor lo bon rei iacme daragon e per onratz barons. et ieu maistre miquel de la tor escriuan fauc a saber quen peire cardinal quan passet daquesta uida quel auia ben entorn de sent ans. et ieu sobredig miquel ai aquestz siruentes escritz en la ciutat de nemze.

XLIX. Hs. IK. Lo sordels si fo de sirier de mantoana fils dun paubre cauallier que auia nom sier el cort. e deleitet se en cansos aprendre et en trobar. e briguet con los bons homes de cort. et apres tot so quel poc (Hs. pot). e fes coblas e siruentes. e uenc sen a la cort del comte de san bonifaci. el coms l ouret molt. et enamoret se de la moiller del comte a forma de solatz et ella de lui. et auenc si quel coms estet mal con los fraires della e si sestraniet della. e sier icellis e sier albrics li fraire della si la feirent enuolar al comte a sier sordel. e sen uenc estar con lor en gran benanausa. e pois sen anet en proensa on il receup grans honors de totz los bos homes e del comte e de la comtessa que li deron un bon castel e moiller gentil.

L. Hs. IK. En bertolome çorgi si fo us gentils hom de la siutat de uenise. sauis hom fo de seu natural. e saup ben trobar e cantar. esi auenc una sazon quel anet per lo mon. e los genoes qui guerreiauon ab los uenisians si lo preiron e lo meneron pres en soa terra. et estagan la en prison en bonifaci calbo si fez aquest sirventes ques escrit ca de sus que comensa: Ges no mos greu sieu non sui ren prezatz. blasman los genoes car il se lasauon sobrar [als] uenesian[s]. digan gran uilania dels de quen bertolome çorzi fez .I. autre sirventes qui est escritz qa de sotz lo qual comenssa: Molt me sui fort dun chant meraueillatz. escusan los uenesians et encolpan los genoes. de que en bonifaci calbo se ten encolpatz de so quel auian ditz. E per so si se torneron lun a lautre e foron granz amis. longa sason estet en bertholome çorgi en prison entor .VII. anz. et quant il fu issutz for de prison il sen anet en uenise. el seu comun lo mandet per castellan a un castel qui uen apellat coron e lai el definet.

LI. Hs. IK. Guirautz de calanso si fo un ioglars de gascoingna. ben saup (Hs. sap) letras e subtils fo de trobar. e fes cansos maestradas desplazens e descortz daquella saison. mal abeliuols fo en proensa e sos ditz. e petit ac de nom entrels cortes.

LII. Hs. B. Richartz de berbesin (berbesieu I.) si fo us caualliers del castel de berbesin(Hs. berbe) de saint onge de leuescat de saintas. [de] paubres uauassors. bons caualliers darmas fo. e bels de la persona. e saup micills trobar que entendre ni que dire. mout fo paubres dizens entre la bona gen. et on plus uezia de bons homes plus sesperdia [e mens sabia. e totas uetz li besoingnaua altre quel conduisses enan I.]. mas ben cantaua e dizia sons. e trobaua auinens (auinenmen I.) motz e sons. et enamoret se duna ualen dompna qera moiller den iaufre de taunai dun ualen baron daqella encontrada. e la dompna era gentils e bella e gaia e plazens. et era mout enueiosa de pretz e donor. [filla den iaufre rudel prince de blaia]. e qand ella conoc qel era enamoratz della fetz li doutz semblan damor. tant qel acuilli ardimen de licis preiar. et ella ab douz semblans amoros retene sos precs e los receup e los auzi. si cum dompna que auia gran uoluntat dauer un trobador que trobes della. et aqest comenset a far sas chanssons della. et apellaua la en totz sos chantars micills de dompna. en richartz si a aqesta costuma et aqesta usanssa qel se deleitaua fort de dire en sas chanssos similitudines de bestias et dauzels [e domes I.] e del soleill (sol I.) e de las estelas per dire (Hs. dires) plus nouellas razos cautre non agues ditas ni trobadas. mout longamen chantet e trobet de licis. mas anc mais non fo crezut qella ill fezes plazer damor [della persona I.]

LIII. Hs. HR. Guillems de balaun fo un gentils castellas de la encontrada de monpeslier. mout adretz cauaycrs fon e bon trobaires. et si senamoret duna gentil domna de leuesquat de gauaudan. que auia nom ma dona guilbelma (guilhalma R.) de iauiac moiller den peire scignor de iauiac. mout

lamet e la serui en contau et en cantan. e la dona li uolc tan
de ben quel dis el fetz so quel uolc endreg damor. En guilhems
si auia un companho que auia nom peire de bariac ualens e
pros e bon e bel. et anaua el castel de iauiac una aninen dona
na uiernetta (uiernenca R.). la cal tenia peire de bariac per
cauayer. e nauia de leis tot cant el uolia (tot son plazer R.).
abdui eron drut de lor donas. et auenc se quen peire se cor-
rosset ab la soa dona si quela li det malamen comiat. don el
sen anet dolens e tristz plus que ancmais no fo. en guilhems
sil cofortet fort que nos desesperes. quel ne faria patz tan
tost can tornaria a iauiac. mot li fon grans lo termes ans que
fos tornatz lai. e si tost com en guilhems fon uengutz a iauiac
el fetz patz den peire e de sa dona. don peire fo alegres pus
que quan la conques de premier. don el mezeis o dis an guil-
hem. en guilhem dis quel o nolia esproar sil ioi de recobrar
amor de domna era tan grans com lo iois del gazaing premier.
e feins se fort iratz com ma dona guillelma. et estet se que
nol mandet messatie ni salutz. ni no uolc esser en tota lencon-
trada on ela estaua. don ela li mandet messatie ab letras fort
amorosas com elas merauilhaua com estaua tan de lieys ueser
o que sos messatges no lagues mandat. et el com fols amans
no uolc auzir las letras. e fes donar comiat al messatie uilana-
men. el messaties tornet sen dolens comtar a sa dona com era
estatz. la dona fon mout trista (fon irada R.) et adordenet ab
un cauayer del castel que sabia lo fag que sen anes an guilhem
de balaun. e que saupes per que era aisi iratz contra ela. e si
auia fag res encontra luy que el sen degues ueniar. que elan
uenria ad esmendamen a son uoler. Lo cauayers sen anet an
guilhem e fon mal recebutz. e can lo cauayer lac dic son uoler:
el dis que nol dissera la occayzo. car el sabia be quela era tals
quel non uolia esmenda nil deuia perdonar. lo cauayers sen
tornet e dis a ma dona guilhelma so quen guillems auia dit.
don ella se mes en desesperansa. e dis que mais no il manda-
ria messatie ni prec ni rasonamen. adonc el al mes en soan del
tot. et en aysi ela estet un gran temps. E can uenc iorn en
guilhems se comenset pensar com per son fol sen el perdia [per
la folia] gran ioy e gran benanansa. e si montet a caual e uenc
sen a iauiac. et alberget en la maison dun borzes. que no uolc
uenir en cort. disen quel anaua en pelegrinatge. ma dona guil-
helma saup quel era en uila. e can uenc la nuog que las gens
foron a leit (colcadas R.). et ela issi del castel ab una dona et
una donzela. e uenc a lalberc on el iazia. e se fe mostrar on
iazia guilhem de balaun. e uenc sen a la cambra (al lieg R.)
on iazia. e mes se de ginolh denan el. e baisset sa benda per
lui bayzar. e querec li perdo del tort quela non auia (que non
lauia R.). et el non la uolc recebre ni perdonar. ans baten (Hs.
batan) e feren la casset de denan se. e la domna sen anet
trista e grama e dolenta a son alberc (sen parti de lui R.) ab

cor que mais nol uis nil parles. e penedet se de so quamors li
auia faich far. et el atressi remas iratz car auia fach tal folor.
e lenet se mati. e uenc sen al castel. e dis que parlar uolia
ab ma dona guilhelma per querre perdo. e la dona guilhelma
cant o auzi fes li donar comiat. e dis nol ueiria. e fes lo gitar
del castel uilanamens. en guilhem anet sen trist e ploran. e
la dona remas dolenta e penedens de la humilitat cania facha.
et en aysi estet guillems de balaun ben un an que la dona nol
uole uezer ni auzir parlar de lui. dont el adonc fes lo uers
desesperat que di: Mon uers mou merceian (MG. 698). En
bernartz danduza queral melhor hom de la encontrada saup
lo fag den guilhem e de la dona. e montet a caual e uenc sen
a balaun. e parlet ab en guilhem. e dis li cos podia far quel
ages tant estat de uezer sa dona. en guilhem contet li tot
lo fag e la foldat que li era uenguda. en B. cant auzi la razo
tenc so a gran isquern. e dis li quel ne faria patz. don el nac
mot gran gaug cant auzi que sen uolia entrametre. En B.
sen parti e uenc sen a iauiac e contet tota la razon den G. a
la dona. e com el era mot trist e dolent per la folia que sauia
pensada. e comtet li tot lesquern[e] com o fes per esproansa.
e la dona respos que mot sen tenia per falhida. car tant sera
humiliada ad el. en B. li dis que per so li era a perdonar
enans per lo dreg que era sieu el tort den G. e preget lan
aytan caramen co poc ni saup que per dieu e per merce li per-
dones. e quelan prezes ueniansa can li plazeria. e la donal
respos que pus el o uolia elal perdonaria. en aisi que per la
falha quel fag auia que se traisses la ongla del det menor. e
quel la y degues portar ab un cantar. reprenen se de la folia
cauia facha. En B. danduza quan ui que al res far non podia
pres comiat. et anet sen an G. e dis li la resposta de la dona.
En G. quant auzi que perdon trobaria fo molt alegres. e ren-
det li gracias. car tan li auia acabat ab sa dona. tan tost man-
det per un maestre e fes se traire la ungla ab gran dolor quen
sofri. e fes son uers. e uenc sen a iauiac el e mosenher B. Ma
dona guilhalma issi lor encontra. en G. gitet se de ginolhs de-
nant ela queren merce e perdo e prezentet li la ongla. ela fon
piatoza e leuet lo sus. et intreron se totz tres en una cambra.
et aqui ela lo perdonet baysan et abrassan. e retrais li son can-
tar. et ela l'entendet alegramen. e pueys ameron se pus fort
trop que nou auian fag enans. Et es grans merces dome quant
a gran ben o uai mal queren quel trobe si com fez guillems
de balaun quen aissis castia folz com el fetz dan prenden (Hs.
perden).

LIV. Hs. B. Gui duissel si fo de lemozi. gentils castellans.
et el e sici fraire e sos cosins nelias eron seignor duissel que
es us rics chastels [e si ne auian motz d'autres]. e li dui siei
fraire luns auia nom nebles. e lautre peire. el cosins si auia
nom elias. e tuich catre eron trobador. e trobauant bonas

chanssons. e nelias bonas tenssos. e nebles las malas tenssos. en peire deschantaua (cantaua) tot qant li trei trobauant. en Gui era canorgues de briude [e de monferran]. e si sentendet [lonc temps] c na margarida dalbusson quera moiller den rainaut lo uescomte dalbusson. et en la comtessa de monferran. don fetz maintas bonas chanssons. mas lo legatz del papa li fetz iurar que mais non fezes cansos. e per lui laisset lo chantar el trobar.

LV. Hs. IK. Nelias de bariols si fo dagenes dun castel que a nom perols. fils fo dun mercadier e cantet meils de negun home que fos en aquella sazon. e fetz se ioglar(s). et accompaingnet se con un autre ioglar que auia nom oliuer et ancron lonc temps per cortz. el coms anfos de proensa si los retenc ab se e det lor moillers a bariols e terra. e per so los clamauan nelias et oliuer de bariols. e nelias senamoret de la comtessa ma dompna garsenda moiller del comte quant el fo mortz en cesilia. e fes delleis suas cansos bellas e bonas tant quant ella uisquet. et el sen anet rendre al hospital de saint beneic dauignon. e lai definet.

LVI. Hs. BI. Cadenetz si fo de proenssa dun castel que a nom cadenet qes en la riba de durenssa [el comtat de forcalquier I.]. fills fo dun paubre cauallier. e qand el era enffas lo castels de cadenet si fo destruitz (destrutz I.) e raubatz per la gen del comte de tolosa e li home de la terra mort e pres. et el en fo menatz pres en tolsan per un cauallier que auia nom guillem del lantar. et el lo noiric el tenc en sa maison. et el uenc bons e bels e cortes. e si saup ben cantar e parlar. et apres a trobar coblas e siruentes. e parti se del seignor que lauia noirit. et anet per cortz e fetz se ioglars (ioglar I.). e fazia se appellar baguas. lonc temps anet a pe desastrucs per lo mon. e uenc sen en proenssa. e nuills hom nol conoissia. e fetz se clamar cadenet. e comensset a far chanssons e fetz las bonas e bellas. en raimons lengiers de dos fraires de leuescat de nissa lo mes en arnes et en honor. en blacaz lonret e il fez grans bes. longa sazon ac gran ben e gran honor. e pois el se rendet a lospital [e lai definet I.]. e tot lo sieu faich eu saubi per auzir e per uezer.

LVII. Hs. B. Perdigons si fo ioglars. e saup trobar e uiular. e fo de leuescat de gauaudan dun castel que a nom lesperon. e fo fills dun paubre pescador. e per son sen e per son trobar poiet en gran pretz et en gran honor. tant qel dalfins daluernge lo retenc per son cauallier el uestic ab si lonc temps. e il donet terra e renda. e tuich li baron e il prince li faziant trop grand honor. et ac lonc temps de bonas auenturas. mas mout li camieron las bonas e uengron li las malas. car el perdet lonor els amics. e pois se rendet en lorden de cistel. e lai el moric.

LVIII. Hs. EIK. Perdigos fo ioglar. e sab trop ben uiolar e

robar e cantar. e fo del auescat de ganaudan dun borget que a nom lespero. e fo filh dun pescaire. e per son trobar e per son cert sen montet en pretz et en onor tan quel dalfi daluernhe lo tenc per son caualier. el det terra e renda. e tug li bon home li fazian honor. e de grans bonas uenturas ac lonc temps. mas molt se camiet lo seus afars. que mort li tolc las bonas auenturas e det li las malas. quel perdet los amics et las amigas el pretz el honor e lauer. apres el anet ab lo princeps daurenga en G. del baus. et ab folquet de marceilla e uesque de tolosa. et ab labas de cistel a roma per mal del coms de tolosa. e per adordenar crozada. e per desecretar lo bon comte R. e son neps lo coms de bezers fon mortz. e carcasses et albeges fon destrug. en muri lo rei P. darago ab mil caualiers denan murel e pus de XX mil autres homes. et a totz aquest faitz far fon perdigos. en fes prezi causa en cantau per que se crozeron. en fetz lauzors a dieu car los frances auian mort e descofit lo rei darago. lo qual lo uestia el daua sos dos. per quel cazec de pretz e donor e dauer. e can lagron enrequit tug silh que remazon uieu negus nol uolgron uezer ni auzir, e tug li home de la sua amistat foron mort per la guerra. lo coms de monfort. en G. del baus e tug lautre cauian faita la crozada. e lo coms R. ac recobrada sa terra. perdigos non auzet anar ui uenir. el dalfi daluernhe ac li touta la terra e la renda que li auia dada. et el sen anet an lambert de montelh quera genre den G. del baus. e preget lo quel fezes recebre en una mayo de sistel que a nom siluabela. et el fes lo i recebre. e lai mori.

LIX. Hs. H. Guis de cauaillon fo un gentils bars de proensa seingner de cauaillon. larcs hom e cortes et auinens caualliers. e mout amat de domnas e per totas gens. e bons caualiers darmas e bons gerrers. e fetz bonas tensons e bonas coblas damor e de solatz. e si se crezet quel fos drutz de la comtessa garsenda moiller que fo del comte de proensa que fo fraire del rei daragon.

LX. Hs. IK. Albertetz si fo de gapenses fils dun ioglar que ac nom nasar e fes de bonas cansonetas. et albertetz si fez assatz de cansos que aguen bons sons e motz de pauca ualensa. ben fo grazitz pres e loing per los bons sons quel fasia. e bel ioglars en corte plasentiers de solatz entre la gen. et estet lonc temps en aurenga e uenc ne e pois sen anet a sistaron estar. e lai el definet.

LXI. Hs. B. Naimerics de belenuoi (belenoi) si fo de bordales dun castel qui a nom lesparra. neps de maestre peire de corbiac. cel fo clercs mas pois se fetz ioglar(s). e trobet bonas chanssons e bellas et auinens duna dompna de gascoingna que auia nom gentils de ruis. e per li cis estet lonc temps en aqella encontrada. e pois sen anet en cataloigna e sai estet entro qel moric. Et aqui son escriutas de las soas chanssons.

LXII. Hs. IK. Elias cairels si fo de sarlat. dun borc de peiregorc. Et era laboraire dor e dargent e deseingnaire darmas. e fetz se ioglar. mal cantaua e mal trobaua e mal uiolaua. e peichs parlaua. e ben escriuia (Hs. escriuiua, Italianismus) motz e sons. En romania estet lonc temps. e quant el sen parti. si sen tornet a sarlat e la el moric. — Hs. A. Elias cairels saup (Hs. sap) be letras e fo molt sotils en trobar et en tot quant el uolc far ni dir. e serquet la maior part de [la] terra habitada (Hs. habitzada) e pel desdeing quel auia dels baros e del segle no fo tant grazitz com la soa obra ualia.

LXIII. Hs. IK. Folquet de rotmans si fo de uianes dun borc que a nom rotmans. bons ioglars fo e prezentiers en cort e de gran solatz. e fo ben honratz entre la bona gen. e fetz seruentes ioglaresc de lauzar los pros et de blasmar los maluatz. e fetz molt bonas coblas.

LXIV. Hs. BI. Guillems figieira si fo de tolosa fills dun sartor. et el fo sartres. e qan li frances agron (aguen I.) tolosa el sen uenc en lombardia. o saup ben trobar e cantar. e fetz se ioglars (ioglar I.) entrels ciutadins. non fo hom qeis saubes cabir (caber I.) entrels barons ni entre la bona gen. mas mout se fetz grazir als arlotz e t a las (als I.) putans. et als ostes. et als tauerniers (taucniers B. & P. O. 173). e sil uic (sel uezia I.) uenir bon homen de cort lai on el estaua el en era tristz e dolens. et ades se percassaua (penaua I.) de lui abaissar [e de leuar los arlotz I.]

LXV. Hs. IK. En lanfranc cigalla si fo de la ciutat de genoa. gentils hom e sauis fo. e fo iutges e cauallicrs. mas uida de iuge menaua. et era grans amadors. et entendiase en trobar e fo bon trobaire (Hs. trobaor) et fes mantas bonas chansos e trobaua uolontiers de dieu. et aqui son esscriptas de las soas cansos.

LXVI. Hs. a. Jahrb. 11, 19. Guillem de montanghaguout si fo uns cauallers de proenza. e fon bon trobador e grant amador. e entendia se e ma dona iauseranda del castel de lunel. e fes per leis maintas bonas chanzos.

LXVII. Hs. A. Bertrans de lamanon si fo de proensa fills don pons de brugeiras. cortes cauallicrs fo e gens parlans e fetz bonas coblas de solatz e siruentes.

LXVIII. Hs. I. 185, a. K. 170, b. Aquesta es la razos daquest siruentes. Quant lo reis richartz fo mortz el remas us sos fraire que auia nom iohan (ioan K.) ses terra per so quel non auia part de la terra. e fon faitz reis denglaterra et ac lo regisme el ducat de quitania el comtat de peitieus. e tan tost com fon faitz reis e seingner del comtat o del ducat de peitcus el sen anet al comte dengolesma que auia una mout bella filla puicella que auia ben .XV. anz. laqual auia fata (sic) iurar en richartz an ugo lo brun quera coms de la marqua (marcha K.) et era nebotz den iaufre de la seingna et era sos uasals. el coms

don golesma lauia iurada la filla a moiller e reccubut per fill.
quel non auia plus ni fill ni filla. e dis al comte dengolesma
quel uolia sa filla per moiller e fez se la dar. et esposet la
ades e montet a caual et anet sen ab sa moiller en normandia.
e quant lo coms de la marqua saup quel reis lauia touta sa
moiller fon molt dolens. et anet sen reclamar a totz sos parens
et a totz sos amics. e tuit en foron mout irat e preiron conseill
que ill sen aneson en bretaingna e tolguessen lo fil del comte
iaufre que auia nom artus e quen fezessen lor seignor. que
per razon o podion far. quel era fils del comte iaufre quera
enanz natz quel reis iohaus (ioans K.). et enaissi o feiren. e fei-
ron dartus lor seingnor e iurerent li fezeutat. e meneron lo
en peitieu e tolgron al rei peitieus traitz alcanz (sic) castels e
borcs fortz que auia en peitieus. et el sestaua ab so moiller
en normandia. que noit ni iorn mais de (Hs. da) leis nois partia
ni manian ni beuen ni durmen ni ucillan. e menaua la en
cassa et en forest et en ribeira ab austors et ab falcos. et aquist
baron li tolion tota la terra. ben sauenc cum iorn lor (Hs. li)
uenc granz desauentura. que il auion sa maire assissa en un
castel que a nom mirabel. et el per confort dautrui si la socors
a no saubuda e uenc si celadamen canc non saubron nouellas
tro quel fon ios el borc ab els. e trobet los durmen e pres los
totz artus e sos baros e totz aquelz que tenion ab el. e per
ielosia de la moiller car non podia uiure ses leis el abandonet
peitieus e tornet sen en normandia e laisset los preisoniers per
sagramenz e per ostages. e passet sen en engleterra. e menet
ab si artus en sauaric(s) de maleon el uescomte de castel
airaut. e fetz negar son nebot artus. en sauaric de maleon
fetz metre en la tor corp lai on hom mais no maniaua
ni bouia. el uescomte del castel airaut atressi. e tan tost com
lo reis de franza saup que lo reis ioans ab sa moiller era pas-
satz en engleterra el intret ab gran ost en normandia e tolc
li tota la terra. e ill baron de peitieu se renderon e tolgron li
tot peitieu trait la rochella. En sauarics de maleon com hom
ualenz e sauis e larcs si sengeingna si quel escampet foras
de la preison e pres lo castel on el estaua pres. el reis ioans
fetz patz ab el quel lo laisset anar e det li en garda tota la
terra quel non auia perduda de peitieus e de gascoingna. en
sauarics sen uenc e comenset la guerra ab totz los enemics
del rei iohan e tolc lor tot peitieu e tota gascoingna. el reis
se soiorna en englaterra en cambra ab sa moiller ni non do-
naua socors ni aiutori an sauaric de maleon dauer ni de gen.
don bertrans de born lo ioues lo fills den bertran de born da-
quel que fez aquels (Hs. born daquels) autres siruentes per
lo besoing quera an sauaric e per lo reclam que tota la genz
de quitania e del comtat de peitieus en fazian si fetz aquest
siruentes: Caut uei lo temps renouelar (MG. 1395).

LXIX. IIs. BIR. Guillems ademars fo de ganaudan dun

castel que a nom marois (merueis). gentils hom [era]. fills de
cauallier (dun cauallier qui non era rics ni manens). el seig-
ner de marcis lo fetz cauallier. el era bos e ualens e gen par-
lans [e fon bos trobaires]. mas non poc mantener cauallaria
e fetz se ioglars. e fo mout honratz. e pois se rendet a lorden de
gran mon. e lai fenic. (e fon mot grazit per la on estet per los
baros e per las domnas e fes mantas bonas chansos. e cant ac
lonc temps uescut el se rendet a lorde de granmon e la muri).

LXX. Hs. BEIKR. Nuc brunetz fo de la ciutat de rodes
qes de la seignoria del comte de tolosa. e fo clergues et ampa-
ret ben letras. e fo sotils hom de letras e de sen natural. e fetz
se ioglar(s) e trobet bonas chanssons. mas non fetz sons. e
briguet (anet) ab lo rei [nanfos] darago. et ab lo comte de
tolosa. et ab lo comte de rodes lo sieu seignor. et ab en ber-
nart dandusa. et ab lo dalfin daluernge. et entendet se en una
borzesa dorlhac que auia nom madompna galiana. mas ella
nol uolc amar ni retener ni far li negun plazer damor. e fetz
son drut lo comte de rodes. e det comiat an huc brunet. e
nuc brunetz per la dolor qel nac si se rendet en lorden de car-
tosa. e lai el definet.

LXXI. Hs. BIKR. Daurde (deude) de pradas si fo de ro-
zerge. dun borc que a nom pradas qes pres de la ciutat de
rodes .IIII. (quatre) legas. e fo canorgues de magalona. sauis
hom fo de letras e de sen natural [e de trobar]. e si saup mout
la natura dels auzels prendedors. e fetz chanssons per sen de
trobar. mas no mouiant ben damor. per que non auiant ben
sabor entre la gen ni non foron cantadas ni grazidas.

LXXII. Hs. BIK. Richartz de tarascon si fo us caualliers
de proenssa del castel de tarascon. bons cauilliers fo darmas
e bons trobaire. e bons seruire. [e fetz bons siruentes e bonas
cansos I.]. et aissi es escriuta una de las soas chanssons.

LXXIII. Hs. BIK. Gauserans de saint leidier si fo de
leuescat de uelaic (ueillac IK.). gentils castellas fills de la
filla den Guillem de saint leidier. et enamoret se de la com-
tessa de uianes filla del marques guillem de monferrat.

LXXIV. Hs. BIK. Naimerics de sarlat si fo de peiregos
dun ric borc que a nom sarlat. e fetz se ioglar(s) e fo fort
sotils de dire e dentendre. e uenc trobaire. mas non fetz mas
una canson la cals es aissi escriuta.

LXXV. Hs. BIK. Peire de bussinac (bossignac) si fo us
clercs gentils hom dautafort del castel den bertran de born.
trobaire fo de bons siruentes e de reprendre las dompnas que
fasion mal. els siruentes den bertran de born atressi (e de
reprendre los s. d. b. d. b.).

LXXVI. Hs. IK. Na castelloza si fo daluergne gentils
domna moiller del truc de mairona. et amet narman de breon.
e fetz de lui sas cansos. et era una domna mout gaia e mout
ensceignada e mout bela.

LXXVII. Hs. H. Na tibors si era una dompna de procusa dun castel den blacatz que a nom sarrenom. corteza fo et enseignada. auinens e fort maistra e saup trobar. e fo enamorada e fort amada per amor. e per totz los bons homes daquela encontrada fort honrada. e per totas las valens dompnas mout tensuda e mout obedida. e fetz aquestas coblas e mandet las al seu amador: Bels dous amics ben uos puesc en uer dir.

LXXVIII. Hs. H. Na lombarda si fo una dona de tolosa gentil e bella et auinens de sa persona et ensegnada (Hs. insegnada). e sabia ben trobar e fazia de las coblas et amorosas. don bernautz narnautz fraire del comte darmaias auzi (Hs. ausi) comtar de las bontatz e de la ualor de leis. e uen sen a tolosa per la ueser. et estet con ella de grant domesteguessa (Hs. desmestegessa) et enqueret la damor. e fo molt son amic. e fetz aquestas coblas dela et mandet las ades al seu alberg. e pois montet a caual ses la ueser. e si sen anet en (Hs. in) sua terra (Hs. tera). Na lombarda se fes grans meraueilla quant ella ausi comtar que bernautz narnautz sen era andat ses la ueser e mandet li aquestas coblas (MG. 648).

LXXIX. Hs. H. Ben auetz auzit de ma dompna maria de uentadorn com ella fo la plus preziada dompna qe anc fos en lemozin. et aqella qe plus fetz de be e plus se gardet de mal. e totas uetz laiudet sos senz. e follors no ill fetz far follia. et onret la deus de bel plazen cors auinen ses maestria. En guis duisels si auia perduda sa dompna. si com uos aues ausit en la soa canson que dis: Si bem partetz mala dompna de uos. don el uiuia en gran dolor et en tristessa. et auia lonc temps qel non auia chantat ni trobat. don totas las bonas dompnas daqella encontrada neron fort dolentas. e ma dompna maria plus qe totas. per so quen guis duisels la lauzaua en totas sas cansos. el coms de la marcha lo cals era apellatz nucs lo brus si era sos caualliers. et ella lauia fait tan donor e damor com dompna pot far a cauallier. et un dia el dompneiaua com ella. e si agon una tenson entre lor. qel coms de la marcha dizia qe totz fis amaire. pos qe sa dompna li dona samor nil pren per caualier ni per amic. tan com el es lials ni fis uas ella. deu auer aitan de seignoria e de comandamen en ella com ella de lui. e ma dompna maria defendia qe l amics no deuia auer en ella seignoria ni comandamen. En guis duisels si era en la cort de ma dompna maria. et olla per far lo tornar en cansos et en solatz si fes una cobla en la cal li mandet si se conuenia qels amics ages aitan de seignoria en la soa dompna com la dompna en lui. e daqesta razon ma dompna maria si lescomes de tenson. e dis en aissi: Gui duissel bem peza de vos.

LXXX. Hs. H. Niseus de capnion si preget ma dompna almucs de castelnou quela perdones an gigo de tornen quera sos caualiers et auia faich uas ella gran faillimen e no sen pentia ni non demandaua perdon: Dompna nalmucs sious plages. beus uolgra pregar daitan. qe lira el mal talan. uos fezes tenir merces. de lui qe sospir e plaing. e muor languiat (od. languit. Hs. langrat?) es complaing. e quier perdon humilmen. beus fatz per lui sagramen. si tot li uoletz fenir. qel si gart meilz de faillir. Ma dompna nalmucs lacals uolia ben an gigo de torno si era mout dolenta car el non demandaua perdon del faillimen. e respondet a ma dompna niseus com dis aqesta cobla: Dompna niseus sieu sabes. qel se pentis de lengan. qel a fait uas mi tan gran. ben sera dreich qe nagues. merces mas a mi nos taing. pos qe del tort no safraing. nis pentis del faillimen. qe naia mais chauzimen. mas si uos faitz lui pentir. leu podes mi conuertir.

LXXXI. Hs. IK. Cercamons si fos uns ioglars de gascoingna e trobet uers e pastoretas a la usanza antiga. e cerquet tot lo mon lai on poc anar e per so fez se dire cercamons.

LXXXII. Hs. IK. Peire de ualeria si fo de gascoingna de la terra den arnaut guillem de marsan. ioglars fo el temps et en la sazon que fo marcabrus. e fez uers tals com hom fazia adoncs de paubra ualor de foillas e de flors e de cans e de ausels. sei cantar non aguen gran ualor ni el.

LXXXIII. Hs. IKE. Guiraudos lo ros si fo de tollosa. fils dun paubre caualier. e uenc en la cort de son seingnor lo comte anfos per seruir. e fon cortes e ben chantanz. et enamoret se della comtessa filla de son seingnor. e lamors quel ac en leis lenseignet a trobar. e fetz mantas cansos.

LXXXIV. Hs. IK. Saill de scola si fo de bariac (bariairac) dun ric borc de peiregorc. fils dun mercadier. e fez se ioglar e fez de bonas cansonetas. et estet cum nainermada de nerbona. e quant ella mori el se rendet a bragairac. el laisset lo trobar el cantar.

LXXXV. Hs. IK. Raimonz de salas si fo us borges de marseilla. e trobet cansos et albas e retroenzas. non fo mout conogutz ni mout prezatz.

LXXXVI. Hs. IK. Peire de maensac si fo daluerne. de la terra daluerne (del dalfin). paupres cauallicrs. et ac un fraire que ac nom austors de maensac. et amdui foron trobadors. e foren amdui en concordi que luns dels agues lo castel el autre agues lo trobar. lo castel ac austors el trobar ac peire. e trobaua de la moiller den bernart de tierci. tant cantet dela e tant la onret e la serui que la dompna se laisset furar ad el. e mena la en un castel del dalfin daluerne. cl marritz la demandet molt com la glesia. e com gran guerra quen fetz. el dalfins lo mantenc si que mais nolle (= non li) la rendet. fort fo adregs hom e de bel solatz. e fez auinenz cansos de sons e de motz. e bonas coblas de solatz.

LXXXVII. Hs. EIKR. Gaubert de puei sibot si fo gentils hom. e fo de louescat de lemozi. fils del castela de puei sibot.

e fo mes morgues quant era enfans. en un mostier quez a
nom saint launart. e saup ben letras e ben cantar. e ben trobar.
e per uolontat de femna issit del mostier. e uenc sen
aqui (a celui) on uenion tuit aquill que per cortezia uolion
honor ni ben fait. an sauaric de mal leo (al pros al ualen en
s. d. m.). et el lo arnesquet a iotglar [de fehlt E.] uestirs e
cauals don el anet pueis (de uestir e darnes. et anet) per cortz.
e trobet e fes maintas bonas chansos. et enamoret se duna
donzella gentil e bela. e fazia sas chansos dela. et ella non lo
uoliamar si non se fezes caualier. e no la prezes (tolgues) per
moiller. et el ho dis an sauaric. com la donzela lo refuidaua
per so quar non era caualiers. don en sauaric lo fes caualier.
e ill donet alberc e terra e renda. et el pres la donzela per
moiller. e tenc la a gran honor. et auenc si quel anet en espanha.
e la donzela (dona) remas. et uns caualiers daquela
terra si entendia en ela. e fes tant e dis. quel len mena uia.
e tenc la longua sazo per druda. e pueis la laisa malamen anar.
e quan gaubertz tornet despanha. el alberguet un ser en la
siutat on ella era. e quan uenc lo ser el anet deforas per uolontat
de femna. et intret en lalberc duna paubra femna. que
li fon dig que laintre auia una bela donzela. et el intra e troba
que aquela donzela si era sa moiller. e quant el la uit ac gran
dolor entre lor e grant uergonha. et ab leis estet la nueit. e
lendema sen anet ab ela. e menet la en una mongia on la fes
rendre. e per aquela dolor el laiset lo trobar el cantar. mas
aqui son escriutas de las soas chansos. si com uos auziretz.

LXXXVIII. Hs. IK. Albertetz cailla si fo uns ioglars dalbezet.
hom fo de pauc uallimen. mas si fo amatz entre sos
uesins e per las domnas dalbeges. e fes una bona canson. e
fes siruentes. mas el non issi de la soa encontrada.

LXXXIX. Hs. IKR. Albertz marques si fo dels marques
de malespina. ualenz hom fo e larcs e cortes et enseignatz.
e saub ben far coblas e siruentes e cansos.

XC. Hs. IK. Ogiers si fo un ioglars de uianes que stec lonc
temps en lombardia e fez bons descortz e fez siruentes ioglaresc
[en?] que lauzaua luns (los uns?) e blasmaua los autres.

XCI. Hs. IK. Nazalais de porcairagues si fo de lencontrada
de monpeslier gentils domna et enseignada. et enamoret
se den gui guerreiat quera fraire den guillem de monpeslier.
ella domna si sabia trobar e fez de lui mantas bonas
cansons.

XCII. Hs. IK. Nazemar lo negres si fo del casteluieil dalbin.
cortes hom fo e gen parlans. e fo ben honrat entre las bonas
gens per lo rei peire daragon e per lo comte de tolosa. per
aquel que fon dezeretatz. quil donet maisons e terras a tolosa.

XCIII. Hs. IK. Berengiers de palazol si fo de cataloingna
de la terra del comte de rossillon. paubres caualliers fo mas
adregz et enseignatz e bous darmas. e trobet bonas cansons.

e cantaua de nermessen dauignon moiller den arnaut dauignon que fon fils de na maria de peiralada.

XCIV. Hs. IK. Bertrans del poict si fo un gentils castellans de proensa de teunes. ualenz caualliers e larcx e bons guerriers. e fes bonas cansos e bons siruentes.

XCV. Hs. IK. En blacassetz fo fils den blacatz que fon meillor (lo meiller?) gentil hom de proensa el plus onratz baros el plus adreitz el plus larcs el plus cortes el plus gracios. et el fon ben adreichamen sos fils en totas ualors et en totas bontatz et en totas larguesas. e fon grant amador. et entendia se de trobar e fon bon trobador e fes mantas bonas cansos.

XCVI. Hs. H. Lo coms de rodes si era mout adreitz e mout ualens e si era trobaire. e nuc de sain sir fetz aquesta cobla: Seigner coms nous cal esmeiar (MW. II, 157. G. 1144). e lo coms si respondet aquesta cobla: Nuc de san cir bem deu greuar.

XCVII. Hs. IK. Nelias fonsalada si fo de bargairac del euesquat de peiregors. bels hom fo molt de la persona e fo fils dun borges que se fes ioglar. e nelias fo ioglars atressi. no bon trobaire mas noellaire fo. e saup ben estar entre la gen.

XCVIII. Hs. IKR. Garins dapchier si foun gentils castellans de iauaudau de leuesquat de meinde qes en la marqua daluerne e de rosergue e de leuesquat del puoi santa maria. ualens fo e bons guerrers e larcs e bon trobaire e bels caualiers. e sap damor e de domnei e tot so quen era. e fetz lo premier descort que anc fos fais lo qual comenset: Quan foille flor reuerdis. et aug lo cant del rossignol.

XCIX. Hs. IK. Garins lo bruns si fo un gentils castellans de ueillac de leuesquat de puoi sainta maria. e fo bons trobaire. e fo a maltraire de las dompnas com deguesson captener. non fo trobaire de uers ni de chansos mas de tempsos.

C. Hs. IK. Gaubertz amiels si fo de gascoingna paubres caualliers e cortes e bons darmas. e sap trobar. e non entendet mais en domna plus gentil de se. e fes los sieus uers plus mezuratz de hom que ancmais trobes.

CI. Hs. IK. Girautz de salaingnac si fo de caersin del castel de salaingnac. ioglars fo. ben adreg hom fo e ben cortes. e trobet ben e gen cansons e descortz e siruentes.

CII. Hs. H. Guilems del bauz princeps daurenga si raubet un mercadan de fransa. e tolc li un gran auer en la sua strada. el mercadans sen anet a reclam al rei de fransa. el reis li dis qel no li podia far dreit. que trop li era loing. mas te don paraula qen calque maneira que tu ten pos ualer si ten nal. el borges anet e fetz contrafar lanel del rei. e fetz letras de part lo rei an guilelm del baus qel uengues al rei. prometen ad el grans bens e grans honors e grans dons. e quant guilems del baus ac las letras alegret sen mout. et apare llet se granmen danar al rei. e moc e uenc sen a la ciutat don era lo mercadans quel auia raubat. qel no sabia dont el fos. el borges qan sap qen guillelms era en la ciutat si lo fetz prendre e totz los compaignos. e sil couen a rendre tot so que li auia tout e refar tot lo dan. et anet sen paubres desasiatz. et anet sen presar una terra den aimar de pitheus que a nom losteilla. e qant sen uenia per lo roine en una barca preiron lo li pescador den aimar. en rambaut de uaqueiras qe sapellaua engles sen fes aqestas coblas: Tuit me pregon engles qeu uos don saut.

CIII. Hs. IKR. Guillems de berguedan si fo un gentils bars de cataloingna uescoms de berguedan seingner de madorna e de ricchs bons caualliers e bons guerrers. et ac gran guerra con raimon folc de cardona quera plus rics et plus grans quel. et auenc se que un dia se trobet con raimon folc et ausis lo malamen. et per la mort den raimon folc el fo descretatz. longa saison lo mantenguen si ci paren e si ci amic. mas tuit labandoneren per so que tuich los escogosset o de las moillers o de las fillas o de las serrors. que anc no fos negus que lo mantengues mas den arnaut de castelbon quera un ualenz hom gentils e grans daquela encontrada. bons siruentes fetz on disia mals als uns e bens als altres. e se uana de totas las domnas que ill soffrian amor. mout li uengon grans aucnturas darmas e de dompnas e de grans desauenturas. pois laucis uns peons.

CIV. Hs. IK. Guillems magret si fo uns ioglars de uianes iogaire e tauerniers. e fes bonas cansos e bons siruentes e bonas coblas. e fo ben uolgutz et onratz. mas anc mais non anet en arnes. que tot quant gazaingnaua el iogaua e despendia malamen en tauerna. pois se rendet en un hospital en espaingna en la terra den roiz peire dels gambiros.

CV. Hs. IK. Guillem rainols si fo uns cauallicrs de la ciutat dat. la qual ciutat es el comtat de folqualquier. bons trobaire fo de siruentes dellas razos que corien en proensa entrel rei daragon el comte de tolosa. e si fez a toz sos siruentes sons nous. fort fo temsutz per totz los baros per los cosens siruentes quel fazia.

CVI. Hs. IK. Nucs de la bacalairia si fo de limozi de la on fo gauselm faiditz. ioglars fo de pauc ualor. e pauc anet. e pauc fo conogutz. e si fes de bonas cansos. e fetz un bon descortz e de bonas tensos. e fo cortes home ben adreich e ben enseingnatz.

CVII. Hs. IK. Ugo de pena si fo dagenes dun castel que a nom messat. fils dun mercadier. e fes se ioglar. e cantet ben. e sap gran ren de las autrui cansos. e sabia molt las generacios dels grans homes daquellas encontradas. e fetz cansos. grans baratiers fo de iogar e destar en tauerna. per que ades fo paubres e ses arnes. e uenc se amoillerar a lisla e uenaissi en proensa.

CVIII. Hs. IK. Jordan de bonels si fo de saintonge de

la marqua de peitieu. e fez mantas bonas cansos de ua tibors de montausier. que fo moiller del comte de gollena e pois moiller del seignor de montausier e de berbesiu e de cales.

CIX. Hs. IK. Tomiers en palazis si fazian siruentes del rei daragon e del comte de proensa e de tolosa e daquel del baus e de las razons que corian per proensa. e foron dui cauallier de tarascon amat e ben uolgut per los bons caualliers e per las domnas.

CX. Hs. IK. Peire bremonz lo tortz si fo un paubres caualliers de uianes. e fon bons trobaire et ac honor per totz los bons homes.

CXI. Hs. IK. Peire guillems si fo de tolosa. cortes home ben auinenz destar entre las bonas genz. e fez ben coblas. mas trop en fazia. e fez siruentes ioglaresc e de blasmar los baros. e rendet se a lordre de lespaza.

CXII. Hs. H. Peire pelissiers si fo de marcel dun borc del uescomte de torrena. borges fo ualens e pros e larcs e cortes. e montet en si gran ualor per proesa e per sen quel uescoms lo fetz baile de tuta la sua terra. el dalfins dalucrne en aquella sazon si era drutz de na comtor filla del uescomte quera en gran pretz de beutat e de ualor. en peire pelissiers lo seruia totas uetz quant el uenia de tot so quel uolia. et il prestaua son auer. e quan peire pelissiers uolc lauer recobrar lo dalfins nol uolc pagar. el esquiuet a rendre gierdon del seruice quel li auia fait. et abandonet la domna de uezer ni de uenir en aquella encontrada on ella estaua ni mes ni letra no il mandet. don peire pelissiers fetz aquesta cobla: Al dalfin man questei dinz son hostal. Lo dalfins respondet a peire pelissier uilanamen e com iniquitat: Vilan cortes lauetz tot mes a mal.

CXIII. Hs. IK. Peire de bariac si fo uns caualliers compaignon den guilhem de balaun. e fo fort adregs e cortes. e tot aitals caualliers com taingnia a guilhem de balaun. e si senamoret duna domna del castel de iauiac la moiller dun uauassor. et ella de lui. et ac dellei tot so qe il plac. e guilhem de balaun sabia lamor de lui e della. e uenc si cuna sera el uenc a iauiac com guilhem de balaun. e fo sentatz a parlamen ab sa domna. et auenc si que P. de bariac sen parti malamen com gran desplazer e com brau comiat quella li det. e quant uenc lendeman guilhem sen parti e peire com lui tristz e dolenz. En G. demandet per que era tan tristz. et el li dis lo couinen. en guilhem lo confortet disen quel en faria patz. e no fon lonc temps que il foron tornat a iauiac e fon faita la patz. e sen parti della con gran plazer que la domna li fetz. et aqui es (Hs. son) escrit lo comiat quel pres de lei.

CXIV. Hs. IK. Pistoleta si fo cantaire den arnaut de maruoill e fo de proensa. e pois uenc trobaire e fez cansos con auinens sons. e fo ben grazitz entre la bona gen. mais hom fo de pauc solatz e de paubra enduta e de pauc uaillimen. e tolo

moiller a marseilla. e fes se mercadier e uenc rics. e laisset
danar per cortz.

CXV. Hs. IK. Raimons de durfort en turcmalec si foron
dui cauallier de caersi. que feiron los siruentes de la domna
que ac nom ma domna naia. aquella que dis al cauallier de cor-
nil quella non lamaria si el no la cornaua el cul.

CXVI. Hs. IK. Rainautz de pons si fo gentils castellans
de saintonge de la marqua de peitieu e seingner del castel de
pon. que sabia trobar. En iaufre de pon si era uns caualliers
del castel e que sabia asi trobar. e fazia tensos con rainautz
de pon.

CXVII. Hs. IK. Guillems de la tor si fon ioglars. e fo de
peiregorc dun castel quom ditz la tor. e uenc en lombardia.
e sabia cansos assatz. e sentendia e chantaua e ben e gen. e
trobaua. mas quan uolia dire sas cansos el fazia. plus lonc
sermon de la razon que non era la cansos. e tolc moiller a
milan la moiller dun barbier bella e ione. la qual ennolet e
la menet a com. e uolia li meils qua tot lo mon. et auenc si
quella mori. don el se det si grau ira quel uenc mat. e crezet
quella se fezes morta per partir se de lui. don ella laisset dez
dias e dez nueig sobrel monimen. e chascun ser el leuaua lo
(anaua al) monimen. e trasia la fora e gardaua per lo uis b ai-
sau et abrasan e pregan (pregaua la) quella li parles e ill
disses se ella era morta o uiua. e si era uiua quella tornes ad
el. e si morta era quella li disses quals penas auia. quel li faria
tantas messas dire e tantas alimosinas faria per ella quel la
trairia daquellas penas. Saubut fon en la ciutat per los bons
homes. si que li ome de la terra lo feron anar uia de la terra.
et el anet cerquan per totas partz deuins e deuinas si ella mais
poiria tornar uiua. et uns escarniers sil det a creire que si el
legia chascun dia lo salteri e disia C. e L. patres nostres e
daua a VII paubres elemosinas ans quel manges et aissi fesses
tot un an que non faillis dia ella uenria uiua. mas non manieria
ni beuria ni parlaria. el fo molt alegres quant el so auzi. e
comenset ades a far so que aquest li auia enseingnat. et en-
aissi o fes tot lan entier que anc non failli dia. e quant el uit
que ren no ill ualia so que a lui era enseingnat el se desespe-
ret e laisset se morir.

CXVIII. Hs. D. Maistre Ferari fo da feirara e fo guillar
(it. giullare = pr. ioglar) et entendet meill de trobar proensal
che negus om que fos mai en lombardia. e meill entendet la
lenga proensal e sap (st. saup, wie oft in IK.) molt be letras.
[e] escriuet meil chom del mond. e feis de uolontera seruit as
baros et as chaualers. e tos temps stet en la casa dest. e qan
uenia que li marches fazian (Hs. feanon) festa e corte li guillar
li uenian che sentendean de la lenga proensal auauan tuit ab
lui e clamauan lor maestre. e salcus lin uenia che sentendes
miel che il altre (Hs. i altri) e che fes questios de son trobar

o dautrui : maistre ferari li respondia ades. si chel i era per un canpio en la cort del marches dest. mas non fes mais che II cansos e una retruensa. mais seruentes e coblas fes et assatz (Hs. asai) de los meillors del mon. e fes un estrat de tutas las cansos dels bos trobadors del mon. e de chadaunas canzos o seruentes tras I coblas o II o III. aqelas che portan la (statt las vor s) sentenzas de las canzos et o son tut li mot triat. et aquest estrat [es] escrit isi (st. aisi) denan. et en aqest estrat non uolc (Hs. uol) meter (st. metre) nullas de la (st. las vor s) soas coblas. mais qel (st. aqel?) de cui es lo libre lin fe scriure. per que fos recordament de lui. e maistre ferari quan sera ioue sentendet en una dona cha nom ma dona turcha. e per aqela dona fe el de molt bonas causas (cansos?) e qan uenc (Hs. uen) chel fo ueil pauc anaua a torn. mais chel anaua a treuis a meser giraut dachamin et a sos filz. et il li fazian grand onor el uezian uoluntera e molt laqulian ben. e li donauan uoluntera per la bontat de lui e per lamor del marches dest. Diese Biographie aus der Ital. Hs. D ist voll von Italianismen.

CXIX. Hs. B. Lo uescoms de saint antonin si fo de leuescat de caortz. seigner de saint antonin e uescoms. et amaua una gentil dompna qera moiller del seignor de pena dalbiges dun ric castel e fort. la dompna gentils e bella e ualens e mout prezada e mout honrada. et el mout ualens et enseignatz e larcs e cortes e bos darmas e bels et auinens e bons trobaire. et auia nom raimon iordan. la dompna era apellada la uescomtessa de pena. lamors dels dos si fo ses tota mesura tant se uolgren de ben lus a lautre. et auenc si qel uescoms si anet una uetz en garnimen e si fo una batailla grans el uescoms si fo nafratz a mort. e fo dich per sos enemics qel era mortz. e uenc a [la] dompna la nouella qel era mortz. et ela de gran dolor que nac si sen anet ades e sis rendet en l orden dels eretges. e si cum dieus uolo lo uescoms garic de la nafra e meilloret. e negus no il uolc dire qelais fos renduda. e quan fo ben garitz el sen uenc a saint antonin. e fon li dich cum la dompna sera renduda per la tristessa quil ac de lui qand ill auzi qel era mortz dond el perdet solatz e ris et alegressa. e cobret plains e plors et esmais. ni non caualguet ni anet dentre bona gen. et enaissi estet plus dun an. don totas las bonas gens daqellas encontradas nauiant gran marrimen. don madompna elis de monfort que ra moiller den guillem de gordon filla del uescomto de torena on era iouens e beutatz e cortesia li mandet progan mout auinenmens qel per la soa amor se degues alegrar. qieu uos fatz de mon cors e damor presen del mal que uos auetz pres. e prec uos eus clam merce que uos me uengatz uezer. quan lo uescoms entendet los honratz plazers que la dompna li mandaua sill comensset una grans doussors damor uenir al cor. et adoncs el se comensset alegrar et esgauzir e uenir entre las bonas gens. e uestir se et sos compaignos. et appa-

reillet ben et honradamen et aneta ma dompna elis de monfort.
et ella lo receup ab gran plazer et ab gran honor qel li fetz.
et el fon gais et alegres de lonor e dels plazers qela ill fetz e
ill dis. et ella mout alegra de la bontat e de la ualor qu ill tro-
bet en lui. ni non fo pas en pentida dels plazers ni de las amors
quill lauia mandadas. et la sanp ben grazir. e preguet la qela
ill fezes tant damor per que el saubes que per dreich cor lauia
mandatz los plazers plazens dizen. qels (Hs. qel) portaua en
son cor totz iorns escritz. e la dompna o fetz ben. qella lo
pres per son cauallier e receup son homenatge. et ella se det
a lui abrassan e baisan. e il det lanel de son det per fermansa
e per segurtat. et enassi (st. enaissi) se parti lo uescoms de
(Hs. da) la dompna gais e ioios e tornet en chantar et en ale-
gresa. e fetz adoncs la chanson que dis: Vas uos soplei en
cui ai mes mentenssa. et enans qel fezes la chansson una nuo-
ich qand el dormia li fon ueiaire que amors la saillis duna co-
bla que dis: Raimon iordan de uos eis uoill aprendre. cous etz
laissatz de solatz ni de chan. ia soliatz en dompneiar enten-
dre. mout leialmen so faziatz semblan. eus seigniatz eus en
faziatz gais. mas aras uei qauetz fenit lo lais. encolpatz etz
si non es qei responda.

CXX. Hs. C. So es us planhs que fes pos santhol de toloza
den G. de montauhagol lo qual G. auia sa seror per molher:
Marritz cum homs mal sabens ab frachura.

CXXI. Hs. C. So son II coblas que fes raimon gaucelm del
senhor duzest que auia nom aissi quon elh raimon gaucelm:
Belh senher dieus quora ueyrai mo fraire. lo pro raimon gau-
celm franc de bon aire. que tan de be naug comtar e retraire.
que mal mira si nol uey ans de gaire. quar manta gen. ditz que
ualen. pretz a doncx ses estraire. lam de cor lialmen. Tant
a fin pretz fe que deg a mon paire. que dels ualens es quanc
nasques de maire. segon quaug dir don lam tan ses cor uaire.
quel cor el sen el saber el ueiaire. el bon talen. li dicy coren.
quo me dis son afaire. e son bon estamen. Bernartz breumen.
li digatz gen. que ieu nuelh dir e faire. tos temps sos man-
damen. — Planch ue fes raimon gaucelm en lan que hom con-
taua M.CC.LXII. per un borzes de bezers lo qual auia nom
guirautz de linhan: Quascus planh lo sieu dampnatge. e sa
greu dolor.

1. Wilhelm IX., Graf von Poitou.

Biographieen der Troubadours. I. S. 1.

1. Werke der Troub. I, S. 1. Gedichte der Troub. No. 176.

    Mout jauzens me prenc en amar
Un joy don plus mi vuelh aizir;
E pus en joy vuelh revertir,
Ben dey, si puesc, al mielhs anar;
Quar mielhs or nam estiers cujar
Quom puesca vezer ni auzir.

    Ieu, so sabetz, nom dey gabar,
Ni de grans laus nom say formir;
Mas, si anc nulhs joys poc florir,
Aquest deu sobre totz granar,
E part los autres esmerar,
Si cum sol brus jorns esclarzir.

    Anemais no poc hom faissonar,
Com en voler ni en dezir
Ni en pensar ni en cossir
Aitals joys no pot par trobar;
E qui bel volria lauzar,
Dun an ro y poiria venir.

    Totz joys li deu humiliar
E tota ricors obezir
Mi dons, per son bel aculhir
E per son belh plazent esguar;
E deu hom mais cent ans durar
Quil joy de samor pot sazir.

    Per son joy pot malautz sanar,
E per sa ira sas morir,
E savis hom enfolezir,
E belhs hom sa beutat mudar,
El plus cortes vilanejar,
El totz vilas encortezir.

    Pus hom gensor non pot trobar,
Ni huelhs vezer ni boca dir,
A mos ops lan vuelh retenir
Per lo cor dedins refrescar,
E per la carn renovellar
Que no puesca envellezir.

    Sim vol mi dons samor donar,
Pres suy del penr e del blandir,
E del celar e del blandir,
E de scs plazers dir e far,
E de son pretz tenir en car,
E de son laus enavantir.

    Ren per autruy non laus mandar,
Tal paor ay quades sazir,

Ni ieu mezeys, tan tem falhir,
No laus mamor fort assemblar:
Mas elham deu mon (mo) mielhs triar,
Pus sap quab lieys ai a guerir.

II. Werke der Troub. 1,7. Gedichte der Troub. No. 177.

Pus de chantar mes pres talens,
Farai un vers don suy dolens,
No serai mais obediens
De (en) Peytau ni de (en) Lemozi.

Ieu men amaray en eyssilh,
En guerra laissarai mon (mo) filh,
En gran paor et en perilh,
E faran li mal siev vezi.

Pus lo partirs (Lo departirs) mes aitan **grieus**
Del senhoratge de Peytieus,
En garda de Falco (Falcon) dAngieus
Lais la terra e son cozi.

Si Falcos dAngieus nolh (nol) secor
El reys de cuy ieu tenc monor,
Mal li faran tug li pluzor
Quel veyran jovenet meschi.

Si molt non es savis e (ni) pros,
Guays e vezis et artillos,
(Quant en serai partitz de vos),
Tost lauran abayssat en jos
Fello Guasco et Angevi.

De proeza e de valor fuy,
Mas ara nos partem abduy;
Et ieu vauc men lay a seluy,
On merce clamon pellegri.

Aissi lays tot quant amar suelh,
Cavalairia et orguelh,
E vauc men lai, ses tot destuelh,
On li peccador penran fi.

Merce quier a mon companho,
Sanc li fis tort que lom perdo,
Et ieu prec ne Ihezus del tro,
Et en romans et en lati.

Mont ai estat cuendes e gais,
Mas nostre seingner nol vol mais;
Ar non posc plus soffrir lo fais,
Tant sui aprochatz de la fi.

Totz mos amics prec, a la mort
Que il vengan tuit e mouren fort,
Quieu ai avut joi e deport
Loing e pres et a mon aizi.

Aissi guerpisc joy e deport,
E var e gris e sembeli.

II. Bernart von Ventadorn.
Biographieen der Troubadours. II. III. S. 1.
I. Werke der Troub. I, 16. Gedichte der Troub. No. 133.

1. Ab joi mou lo vers el comens,
Et ab joi reman e fenis,
E sol que bona fos la fis,
Bos cre quer lo comenssamens.
 Per la bona comenssanssa
 Mi ven jois et alegranssa:
E per so dei la bona fin grazir,
Car totz bons faitz vei lauzar al fenir.

2. Si mapodera jois em vens,
Meravillas fauc car soffris,
Que non chan e non esbruis
Cella don sui gais e jauzens;
 Mas greu veiretz fin amanssa
 Ses paor e ses doptanssa,
Cades tem hom vas so cama faillir,
Per quieu no maus de preiar enardir.

3. Ben estai a dompna ardimens
Entravols gens e mals vezis;
Car sarditz cors no lafortis,
Greu pot esser pros ni valens:
 Per quieul prec naia membranssa
 La bella en cui ai fianssa,
Que no is camje per paraulas nis vir,
Quenemics quai faz denveia morir.

4. Non es enois ni faillimens
Ni vilania, so mes vis,
Mas dome qan se fai devis
Dautrui amor ni conoissens.
 Enoios! e queus enanssa
 Car faitz enoi e pesanssa!
Chascus se deu de son mestier formir;
Mi confondetz e vos non vei gauzir.

5. Duna ren maonda mos sens,
Quanc nuills hom mon joi no menquis
Queu volontiers no len mentis;
Car nom par bos enseignamens,
 Anz es foillia et enfanssa,
 Qui damor a benananssa,
Nin vol son cor ad autre descobrir,
Si no len pot o valer o servir.

6. Anc sa bella boca rizens
Non cujei baisan me trahis,
Car ab un doutz baisar maucis;
Si ab autre no mes guirens,
 Catretal mes per semblansa

Cum de Pelahus la lanssa;
Que del sieu colp non podia hom guerir,
Si autra vetz no sen fezes ferir.
7. Bella dompna, vostre cors gens,
Ell vostre beill huoill maint conquis,
Ell beill esgart e lo clars vis.
El vostre bons enseignamens:
   Que quan be men pren esmanssa,
   De beutat nous trob egansa;
La genssser etz del mon al mieu albir,
O no i vei clar dels oills ab queus remir.
8. Bels vezers, senes doptanssa,
   Sai quel vostre pretz avanssa,
Que tans sabetz de plazers far e dir,
De vos amar nois pot nuills hom sofrir.
9. Ben deg aver alegransa,
   Qu'en tal domn ai mesperansa,
Que quin ditz mal no pot plus lag mentir,
E quin ditz be no pot plus belh ver dir.

II. Werke der Troub. I, 14. Gedichte der Troub. No. 144.

1. Lanquan vey la fuoilla
Jos dels albres cazer,
   Cui que pes ni duoilla,
A mi deu bon saber;
   Non crezatz quieu vuoilla
Flor ni fuoilla vezer,
   Car vas mi sorguoilla
So quieu plus vuoill aver.
   Cor ai que men tuoilla,
Mas non ai ges poder,
   Cades cuich macnoilla
On plus men desesper.
2. Estraigna novella
Pot hom de mi auzir,
   Que qan vei la bella
Quem solia acuillir,
   Quaras no mapella
Nim fai vas si venir,
   Lo cors sotz laissella
Men vol de dol partir.
   Dieus quel mon capdella,
Sil platz, men lais gauzir;
   Que sai sim revella,
Noi a mas del morir.
3. Non ai mais fianssa
En agur ni en sort,
   Que bon esperanssa

Ma cofondut e mort;
 Que tant loing me lansaa
La bella cui am fort,
 Qand li quier samansa,
Cum sieu lagues gran tort;
 Tant nai de pezansa
Que totz men desconort,
 Mas non fatz semblanssa,
Cades chant em deport.
4. Als non sai que dire,
Mas molt fatz gran follor,
 Car am ni desire
Del mon la bellazor;
 Ben deuria aucire
Cel qanc fetz mirador;
 Quan be mo cossire,
Non ai guerrier peior;
 Jal jorn qela is mire
Ni pens de sa valor,
 Non serai jauzire
De lieis ni de samor.
5. Ja per drudaria
No mam que no is cove,
 Pero sil plazia
Quem fezes calque be,
 Eu li juraria,
Per lei e per ma fe,
 Quel bes quem faria
No fos saubutz per me;
 E son plazer sia,
Quieu sui a sa merce;
 Sil platz que maucia,
Quieu no men clam de re.
6. Ben es dreitz quieu plaigna
Sieu pert per mon orguoill
 La bona compaigna
El solatz quaver suoill;
 Petit me gazaigna
Lo fols arditz quieu cuoill,
 Car uas mi sestraigna
So que plus am e vuoill;
 Orguoills dieus vos fraigna
Caran ploron mei huoill;
 Dreitz es quem sofraigna
Totz jois qieu eis lom tuoill.
7. Encontral dampnatge
E la pena quieu trai
 Ai mon bon usatge

Cades cossir de lai;
  Orguoill e follatge
E vilania fai
  Quin mou mon coratge
Ni daltram met en plai,
  Car meillor messatge
En tot lo mon non ai,
  E mand loill ostatge
Entro quieu torn de sai.
8. Dompna, mon coratge
Meillor amic quieu ai
  Vos mand en ostatge
Entro quieu torn de sai.

III. Werke der Troub. I, 11. Gedichte der Troub. 927. 928.

1. Quan lerba vertz el foilla par,
El flor brotonon pel verjan,
El rossignols autet e clar
Leva sa votz e mou son chan,
Joi ai de lui, e joi ai de la flor,
Joi ai de me, e de mi dons maior;
Vas totas partz sui de joi claus e ceins
Mas ilh es jois que totz los autres veins.

2. Ben deuri hom dona blasmar,
Quan trop vai son amic tarzan,
Que longa paraula damar
Es grans enueis e part denjan;
Quamar pot hom e far semblan aillor,
E gen mentir lai on no a auctor;
Bona domna, ab sol qu' amar mi deins,
Ja per mentir ieu non serai ateins.

3. Meraveil me cum puesc durar
Que nolh demostre mon talan,
Quant ieu vei midons ni lesgar,
Li siei belh huelh tan ben lestan,
Per pauc me tenc quieu enves liéis non cor;
Si feira ieu si non fos per paor;
Qu' anc non vi cors meils tailat ni depeíns
Ad ops damar sia tan greus ni leins.

4. Sieu saubes la gent encantar,
Miei enemic foran enfan,
Que ja us no pogra pessar
Ni dir ren quens tornes a dan;
Adoncs vira ieu per lezer la gensor,
Los sieus bels oils e sa fresca color,
E baiseralh la boca de totz seins,
Si que dos mes i paregra lo seins.

5. Ailas! cum muer de cossirar!

Que mantas vetz ne cossir tan,
Lairos me poirian emblar,
Ja non sabria dir ques fan.
Per dieu, amors, bem trobatz vensedor
Ab paucs damics e ses autre socor,
Quar una vetz tant midons non destreins
Que un baisar nagues a tot lo meins.
6. Tant am midons e la tenc car,
E tant la dopt e la reblan,
Que ges de mi non laus preyar,
Ni re nolh dic ni nolh deman;
Pero ben sap mon mal e ma dolor,
Que quant li platz, fai men ben et honor,
E quant noil platz, ieu sai esser suffreins,
Quar ieu non voill re qua leis sia blasteins.
7. Ben la uolgra sola trobar
Que dormis on fezes semblan,
Adoncs lemblera un douz baisar,
Pus no val tan que lolh deman.
Per dieu, dona, pauc esplecham damor,
Vai sen lo temps e perdem lo melhor;
Parlar pogram ab cubertz entreseins,
E pus noi val arditz, valgues nos geins.
8. Messatgier, vai, e no men prezes meins,
Sieu del anar vas midons sui temens.

V. Werke der Troub. I. 19. Gedichte der Troub. 1337. 1343.

1. Quan par la flors jostal vert fuoill,
E vei lo temps clar e sere,
El doutz chant dels auzels pel bruoill
Madoussa lo cor em reve,
Pois lauzel chanton a lor for,
Eu quai mais de joi e mon cor
Dei ben cantar, pois tuich li mei jornal
Son joi e chant; quicu non pens de ren al.
2. Cella del mon cal eu plus vuoill,
E mais am de cor e de fe,
Au de joi mos digz els acuoill,
E mos precs escouta e rete;
E som ja per ben amar mor,
Eu en morrai, quinz e mon cor
Li port amor tant fina e natural,
Que tuich son fals ves mi li plus leial.
3. Bon sai la nuoich, quan mi despuoill,
El lieich quicu non dormirai re;
Lo dormir pert, car eu lom tuoill
Per vos, dompna, don mi sove.

Que, lai on hom a son tesor,
Vol hom ades tener son cor.
Sieu no vos vei, dompna, don plus mi cal,
Negus vezers mon bel pensier nom val.
4. Quan mi membra cum amar suoill
La falsa de mala merce,
Sapchatz que tal ira men cuoill,
Per pauc vius de joi nom recre.
Dompna, per cui chant em demor,
Per la bocam feretz al cor
Dun dolz baisar de fin amor coral,
Quem torn en joi em get dira mortal.
5. Tals ni a que ant mais dorguoill,
Quan grans jois ni grans bens lor ve;
Mas en sui de meillor escuoill,
E plus francs quan dieus mi fai be;
Quora quien fos damor allor,
Mes be de lor vengutz al cor,
Merce midons non ai par ni egal;
Res nom sofraing, sol que dieus vos mi sal.
6. Dompna, si nous vezon mei huoill,
Ben sapchatz que mos cors vos ve;
E nous doillatz plus quieu mi duoill,
Quieu sai quom vos destreing per me;
Mas sil gelos vos bat defor,
Gardatz quel no vos batal cor.
Sius fai enoi e vos lui atretal,
E ja ab vos non gazaing ben per mal.
7. Mon Belvezer gart dieus dira e de mal,
Sieu sai de loing o de pres atretal.

V. Gedichte der Troub. No. 119. 709. Hss. A C I R.

Lo temps vai e ven e vire
Per jorns, per mes e per ans,
Et ieu, las! non sai que dire,
Cades es us (vers C.) mos talans;
Ades es us (vers C.) e nois muda:
Cunan vuoill e nai volguda,
Don anc non aic jauzimen.

Puois ella non pert lo rire,
A mi en ven dols e dans:
Caital joc ma faich assire,
Don ai lo peior dos tans,
Caitals amors es perduda,
Ques duna part mantenguda,
Tro que fai acordamen.

Jamais no serai chantaire,
Ni de lescola neblon,

Que mos chantars non val gaire,
Ni mas voutas ni miei son,
Ni res queu fassa ni dia
Non conosc que pros me sia
Ni noi vei meilluramen.
   Ben deuria esser blasmaire
De mi mezeis a razon,
Canc non nasquet cel de maire
Que tant servis en perdon,
E sella no meu chastia,
Ades doblara ill follia,
Que fols non tem trol mal pren.
   Sitot fatz de joi parvenssa,
Molt ai dinz lo cor irat;
Qui vi auc mais penedenssa
Faire denan lo pechat?
On plus la prec plus mes dura,
Mas sin breu temps nois meillura,
Vengut er al partimen.
   Pero bes es quelam venssa
A tota sa voloutat,
Que, sella a tort o bistenssa,
Ades naura pietat;
Que so mostra lescriptura,
Causa (ad ops) de bon aventura
Val us sols jorns mais de cen.
   Ja nom partrai a ma vida,
Tant cum sia sals ni sans,
Que pos larma nes (lespigues) issida
Balaia (balaja C.) lonc temps lo grans,
E si tot no ses coitada,
Ja per mi non er blasmada,
Sol mi do adenant semen.
   Ai bona amors encobida:
Cors ben faitz delgatz e plans,
Fresca cara colorida,
Cui dieus formet ab sas mans,
Totz temps vos ai desirada,
Que jes autra no magrada,
Ni autra non vuoill nin pren.
   Doussa res ben enseignada,
Cel queus a tant gen formada,
Men dor cel joi quieu naten.

VI. Werke der Troub. I, 37. Hss. CI.

Amors e queus es veiaire,
Trobatz vos fol mais que me?
Car voletz que sia amaire,

E que ja noi trob merce!
So quem comandetz a faire
Farai eu, caissis cove,
Mas non vos esta jes be
Quem fassatz tostemps maltraire.
  Quieu am la plus de bon aire
Del mon mais de nuilla re,
Et ella no mama gaire,
Non sai per que mesdeve;
E, quant eu men cug estraire,
Eu non puosc, camors me te;
Traitz son per bona fe,
Amors, beus o puosc retraire.
  Ab amor mer a contendre,
Quieu non men puosc mais tener,
Quen tal loc mi fai entendre,
Don eu nuill ben non esper;
Anz per pauc me fera prendre,
Car sol nai cor ni voler;
Mas eu non ai jes poder
Quem puosca damor defendre.
  Pero amors sol deiscendre
Lai on li ven a plazer,
Quem pot ben guizardon rendre
Del maltrag e del doler;
Tan nom pot comprar (mesfar) ni vendre
Que mais nom puosca valer,
Sol ma donnam deing vezer,
E mas paraulas entendre.
  Quieu sai ben razon e causa,
Perquieu puosc mi donz mostrar,
Que jes lonjamen non ausa
Aissi amor contrastar;
Mas amors venz tota causa,
Quem venquet de lieis amar;
Atretal pot de lieis far
En una petita pausa.
  Ben es enueis e granz nausa
De tostemps merce clamar;
Mas lamors ques e mi clausa
Nos pot cobrir ni celar:
Las! mos cors no dorm ni pausa,
Ni pot en un loc estar,
Ne eu non o puosc durar,
Sil dolor no masnausa.
  Domna, nuls hom non pot dire
Lo mieu bon cor nil talan
Quieu ai quan de vos consire,

Quanc mais ren non amei tan:
Ben magran mort li sospire,
Domna, passat a un an,
Si non fosso il bel semblan,
Per quem doblon li dezire.

Non fatz mas gabar e rire,
Domna, quan ren vos deman;
Mas si vos mamassetz tan,
Al re vos navengra dire.

Ma chanso apren a dire,
Alegret, an Dalferan;
Porta lan a mon Tristan
Que sab ben gabar e rire.

VII. Werke der Troub. I, 32. Hss. CIMOPRUV.

Quan vei lalaudeta mover
De joi sas alas contral rai,
Que soblida es laissa cazer
Per la doussor qual cor lin vai;
Ailas! qual(s) enveia men ve
De cui que veia jauzion!
Meraveillas mai, quar desse
Lo cors de dezirier nom fon.

Ailas! quant cuiava saber
Damor, e quant petit en sai!
Quar eu damar nom puesc tener
Cella don ja pro non aurai;
Tolt ma mon cor, e tolt ma me,
E si mezeis, e tot lo mon;
E quant sim tolc, nom laisset re
Mas dezirier e cor volon.

Anc non agui de mi poder,
Ni no fui meus des lor en sai,
Quem laisset en sos oillz vezer
En un miraill que molt mi plai.
Miraills! pos me mirei en te,
Man mort li sospir de preon,
Quaissim perdei cum perdet se
Lo bels Narcezis en la fon.

De las dompnas me desesper,
Jamais en lor nom fiarai,
Quaissi com las suoill captener,
Enaissi las descaptenrai:
Pos vei que nulla pro nom te
Ves lei quem destrui em confou,
Totas las dopt e las mescre,
Que ben sai qualtretal se son.

Daissos fai ben femna parer

Ma domna, per queu li retrai,
Que vol so que non deu voler,
E so quom li deveda fai.
Cazutz soi en mala merce,
Et ai ben fait com fols en pon,
E non sai per que men deve,
Mas car pogei trop contra mon.

Merces es perduda per ver,
Et eu non o saubi anc mai,
Que cil que plus en degraver
Non a ges, doncs on la querrai?
Ai! com mal sembla qui la ve,
Que aquest caitiu deziron,
Que ja ses leis non aura be,
Laisse morir que non laon.

Pos ab mi dons nom pot valer
Precs ni merces nil dreitz queu ai,
Ni a leis non ven a plazer
Queu' lam, jamais non loi dirai:
Aissim part de leis em recre:
Mort ma e per mort li respon,
E vau men, sella nom rete,
Caitius en eissill, non sai on.

Tristans, ges non auretz de me,
Queu men vau caitius, non sai on;
De chantar me tuoill em recre,
E de joi e damor mescon.

VIII. Ged. der Troub. No. 68. 257. 708.

Lo rossinhols sesbaudeya
Josta la flor el verjan,
E pren men tan graus enveya
Quieu nom puesc mudar non chan;
Mas no sai de que ni de cui,
Quar ieu non am me ni autrui,
E fatz esfortz, quar sai faire
Bon vers, e non sui amaire.

Mais a damor qui domneya
Ab erguelh et ab enjan
Que selh que tot jorn sopleya
Nis va trop humilian;
Quapenas vol amors selui
Ques francs e fis si cum ieu sui;
So ma tout tot mon afaire,
Quar no sui fals ni trichaire.

Quaissi cum lo rams si pleya
Lai ol vens lo vai menan
Fatz ieu vas lieis quem guerreya

Aclis per far son coman.
A sos ops mi gart e mestui,
Que si non em amic amdui,
Nom sembla ni mes vejaire
Quautramors lo cor mesclaire.
 Totz temps me repta em plaideya,
Em vai ochaizos troban;
E quant ilh de ren folleya,
Ves mi torna tot lo dan;
Gent juga de me es desdui,
Que deus son tort conclui lautrui,
Mas ben es vertatz que laire
Cuja tug sion siei fraire.
 Nulhs hom non es que la veya,
Son belh vis ni son semblan,
Quel digna quilh aver deya
Felon cor ni mal talan;
Mas laigua que suau sadui
Es piegers que selha que brui;
Enjans es qui de bon aire
Fa semblant e non es guaire.
 De totz locs ont ilh esteya
Me destuelh em vau lunhan,
E per so que non la veya,
Pas li mos huelhs claus denan;
Quar selh siec amor quis nesdui,
E selh lencaussa qui la fui;
Mout ai bon cor de lestraire,
Tro que ves midons repaire.
 Ja non er si tot mi greya
Quenquer fin e plag nol man,
Que greu mes quaisim recreya
Ni perga tot mon afan;
Mas som cofon em destrui,
Que de mal linhatge redui;
Ams los huels li don a traire,
Sautre tort mi pot retraire.
 En aissi fos pres cum ieu sui
Mos Alvernhatz e foram dui,
Que plus nos pogues estraire
Den Belvezer de Belcaire.
 Tristan si nous es veiaire
Mais vos am que no suoill faire.

IX. Werke der Troub. I, 42. Hss. CIRV.
 Estat ai com hom esperdutz
Per amor un lonc estatge,
E soi men tart aperceubutz
Quieu avia fag follatge:

Ca totz era de salvatge,
Car mera de chan recrezutz,
Et on eu plus nestera mutz,
Mais fera de mon dampnatge.
 A tal domna mera rendutz
Canc no mamet de coratge;
Mas er men soi reconogutz,
Que trop nai fag lonc badatge;
Oimais segrai soa usatge,
E serai, cui quem voilla drutz,
E mandarai per totz salutz,
Et aurai mais cor volatge.
 Truanz voill esser per samor,
E coven cab lei aprenda,
Pero no sai dompneiador
Que menz de mi si entenda:
Mas bel mes cab leis contenda
Cautra nam plus bell e meillor,
Quem val e majud em socor,
Em fai de samor esmenda.
 Ma domnam faig tan donor
Que platz li qua mercem prenda,
E membrel del sieu amador
Quel ben quem fara nom venda,
Nim fassa far long atenda:
Que lonc terminim fai paor,
Canc non vi malvat donador
Cab long respieg nos defenda.
 Ma domnam fo al comensar
Franque de bella compaingna,
Per aiso lam dei mais amar
Que sim fos fer et estraingna,
Quar dretz es que domnas fraingna
Vas celui que a cor damar:
Qui fai trop son amic preyar,
Dretz es camics li sofraingna.
 Domna, pensem del enganar
Lausengiers, cui dieus contraingna,
Caitant quant hom lor pot emblar
De joi, aitan sen gazaingna;
E que ja us non sen planha;
Lonc temps pot nostramors durar,
Sol, quant er locs, voillam parlar,
E, quan non er locs, romaingna.
 Dieu laus, quien era sai chantar,
Malgrat naia Na Dous Esgar,
E cel cab leis sacompainha.

X. Werke der Troub. I, 20. Hss. ACIMV.

Be man perdut lai enves Ventadorn
Tuit mei amic, pus ma domna nom ama,
Per quieu non ai mais talan que lai torn,
Quades estai ves mi salvatge grama.
Veus per quem fai semblan irat e morn,
Quar en samor me delicit em sojorn;
Que de ren al nos rancura nis clama.

Aissi col peis qui seslaissa el chandorn,
E non sap re tro que ses pres en lama,
Meslaissei ieu de trop amar un jorn;
Quanc nom gardiei, tro fui en miei la flama
Que mart plus fort no feira fuecs en forn;
E ges per so nom puesc partir un dorn;
Si mi ten pres samors e meuliama.

Nom meravilh de samor sim ten pres,
Que tan gent cors no cre quel mon se mire;
Bels e gens es, coind e guais e cortes,
E totz aitals cum lo vuelh nil dezire:
Non puesc dir mal de lieis, quar noi es ges;
Quiel nagra dig de joi, sieu li saubes,
Mas non li sai; per so men lais de dire.

Tos temps volrai e sonor e sos bes,
E serai li hom, amics e servire;
E lamarai, ben li plass o li pes,
Quhom no pot cor destrenher ses ancire;
No sai domna, volgues o non volgues,
Sieu volia, quamar no la pogues;
Mas tota res pot hom en mal escrire.

A las autras sui aissi eschagutz:
Laquals se vol me pot a sos ops traire,
Per tal cover que no sia vendutz
Lonors els bes que man en cor a faire;
Quenuios es preiars, pus es perdutz;
Et ieu sai ben que mals men es vengutz,
Car trait ma la bella de mal aire.

En Proenza tramet joi e salutz,
E mais de joi quieu no vos sai retraire;
E fatz esfortz, miraclas e vertutz,
Car ieu li man aiso don non ai gaire;
Quieu non ai joi mas tan com men adutz
Mos Bels Vezers; sen fai irat sos drutz
En Alvergnatz, lo senher de Belcaire.

Mos Bels Vezers, per vos fai dieus vertutz
Tals com nos ve que no si ercubutz
Dels bels plazers que sabetz dir e faire.

XI. Werke der Troubadours I. 21. Gedichte der Troub. No. 1347.

Pel dols chant quel rossinhols fai
La nueg quan mi son adurmitz,
Revelh de joi totz esbaitz,
Pensius damor e cossiraus;
Quaisso es mos miclhers mestiers,
Quancsei amei joi voluntiers;
Et ab joi comensa mos chans.

Qui sabia lo joy quieu nai,
Nil jois fos tals quen fos auzitz,
Totz autres joys fora petitz
Vas que lo mieus joys fora grans.
Tals sen fai conhtes e parliers,
E cuid esser rics e sobriers
De fin amor quieu nai dos tans.

Soven li remir son cors guai,
Cum es ben faitz e gent chauzitz
De cortezia e de bels ditz;
E si de plus mi pren talans,
Ops mauria us ans entiers,
Si volia esser vertadiers,
Tant es cortez e benestans.

Domna, vostrom sui e serai
Al vostre servizi guarnitz;
Vostrom sui juratz e plevitz,
E vostres er a desenans;
E vos es lo meus joys premiers,
E si seretz vos lo derriers,
Tan quan la vida mer durans.

Sels que cujon quieu sia sai,
No sabon ges cum lesperitz
Es de lieys privatz e aizitz,
Si tot lo cors sen es lonhans:
Sapchatz lo miclhers messatgiers
Qnai de lieys es mos cossiriers
Quem recorda sos belhs semblans.

No sai quoras mais vos veirai,
Pus men vau iratz e marritz;
Per vos me sui del rei partitz,
E prec vos que nom sia dans;
Quieu serai en cort prezentiers
Entre donas e cavaliers,
Francs e dous et humilians.

Ugonet, cortes messatgiers,
Cantatz ma canson voluntiers
A la reyna dels Normans.